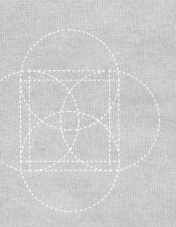

橋 20 夏/ QIAO
17 summer

第 6 期

編輯
札記

　　《橋》第6期的專題為台灣新銳作家黃麗群。以〈麗群十問實答〉的筆談，帶出她的一些基本背景與性格特色。同時邀請大陸青年學者／批評家楊曉帆，細讀她的知名代表作〈卜算子〉，台灣黃文倩以「內向者的逆襲？」綜合分析黃麗群的代表小說。本刊企圖反思的是：當台灣新世紀以來的主體不斷擱置更大的價值與意義的可能，當生命中陷入不堪的弱勢者，最終只能唯心地選擇自我放逐及以虛為實的幻想，當他們的處境，明明是社會生產的結果，主人公的視野裡卻鮮少有社會，也難與社會及歷史進行聯繫……，我們究竟該如何來理解這種逆襲／反抗及其美學性？

　　在兩岸作品共讀的特輯中，此次我們以「今昔歷史間的人間現場」來概括推薦的文本。台灣作品包括蔡明德的攝影圖文集《人間現場：八○年代紀實攝影》，以田野調查為方法及書寫實踐的魏明毅的《靜寂工人：碼頭的日與夜》，還有曾明財以台灣人的角度的外省眷村書寫《台灣人在眷村：我的爸爸是老芋仔》，藉由兩岸批評家的閱讀與分析，召喚不同歷史時空、殊異主體與身分下的「人間」重回現場。大陸作品則介紹與引薦三位青年作家和他們的選集：雙雪濤《我的朋友安德烈》、東君《聽洪素手彈琴》及文珍《氣味之城》。透過深入閱讀他們的創作世界，我們或許也能夠發現中國大陸晚近社會與心態的多元變化與新型的困境，值得關心第三世界國家社會與文學發展的朋友們跟進認識。

　　本期的特稿，整理與收錄淡江大學中文系於2016年12月舉辦的「兩岸『八○後』青年閱讀當代文學／小說十家論壇」的修訂發言稿全文。期望透過兩岸青年朋友閱讀彼岸「七○後」的代表作，在「文學」窄化與沉寂的後現代，在互為她／他者的視野與觀照下，以新人／青年的真誠與銳氣，共同為下一輪的兩岸文藝復興累積一些春泥。

（文／黃文倩）

橋 20 夏／summer QIAO
17

第 6 期

目次

靠近黃麗群

內向者的逆襲？

黃麗群

麗群
十問實答

問：黃文倩
答：黃麗群

Q1：請問妳小時候最想成為那種人？為什麼？現在還想望嗎？

A1：小時候最想成為日理萬機的人，因為覺得那樣豈不是對世界很有
用⋯⋯。現在不想了，因為我發現自己其實容易發煩，如果我是古
時候的皇帝，我就是二十年都不上朝的昏君。

**Q2：請問對妳影響最深的一些書目（文史哲或其它領域均可）或文藝作
品（如電影）？**

A2：好像很難說明哪些算是影響深，或者所謂「影響」的定義⋯⋯，所
以好像難以舉例⋯⋯。

**Q3：能否略談家庭（或與家人相關的經驗）對妳在創作上的啟蒙或刺激
的作用？**

A3：我父母喜歡讀閒書，也捨得給小孩買書，小時候家裡容易拿到的東西

就是書，大概是這原因比較早開始認字。其餘似乎沒有什麼特別的。

Q4：不同於中文系及台文系出身的「專業作家」，妳做過許多職場的工作，過去也時常一邊涉入社會現實一邊創作，能否談談「現實」對妳創作的影響或滲透（或不滲透）的關係？

A4：我覺得這似乎不是能分開看的兩件事，台灣專業寫作者的生活，也是種種社會現實之一吧。我想任何形式的創作，都是對於現實的再敘述，再研究與再商榷，所謂「創作不能離開現實」，並不是說我們一定要處理反映現實、貼近現實、揭露現實的題材，在這個時代，這就是笨想頭，因為這是古典時期媒介有限且教育資源稀有的情況下，有能力使用文字者必須承擔起的責任，但在所有人都識文斷字、表達現實的媒介更多、更精確、更快速的當代，一方面可以說，文字確實可以從這長久的責任中解脫出來了，另一方面它新的承擔與進路也更模糊。

Q5：妳可以說是外省「第三代」作家，但在妳的求學、讀書或日常生活裡，是否及何時開始意識到自己的省籍與文化主體的特殊性？

A5：我自己不會特別意識到這件事。我想這當中，如果有任何特殊之處，都不是外省族群獨有的，而是東亞歷史與區域政治的軌跡在台灣複雜地交錯了，而我只是繼承著這種種歷史背景的台灣人之一而已。

Q6：妳的小說很少直接處理到「愛情」，間接涉及時也頗為不堪，儘管仍不無慰藉（例如〈入夢者〉、〈貓病〉甚至〈海邊的房間〉），能否略請妳談一下自己的愛情觀或作品中的情愛觀？

A7：愛情是人生有趣的事情之一，但大概不是件需要人類全心一意去關
　　注的事，所以也沒有特別要處理或特別不處理的想法，大部份的時
　　候它們只是自然而然或不預期地出現在寫出來的世界裡，就像現實
　　中它也是自然而然或不預期出現的吧。

Q7：妳似乎很喜歡許多小小的「微物」（例如迷你版的「日本傢俱」／玩
**　　物），這種特質是少女時即如此？還是後來自覺的偏好？為什麼？**

A7：我從小就喜歡這類玩具，就覺得，很療癒吧。這應該是自古以來很
　　多人共通的喜好。例如西方的袖珍屋歷史悠久，或是《紅樓夢》裡
　　探春不就托寶玉在外面買「柳枝兒編的小籃子，空竹根挖的香盒
　　兒，膠泥垛的風爐兒」，我看故宮展出皇宮多寶格裡的小玩物大概
　　也是這個意思。我自己也很好奇人類這種製作微物的心理背景。

Q8：能否描述妳現在作為「全職作家」的一日生活？

A8：完全沒什麼特別的——大概快中午起床，下午上網或者工作，傍晚看書看電視，沒什麼事情的話也可以一個禮拜都不出門見人。我在家不接電話。

Q9：妳上哪種市場為多？能否開立一張妳平日上超市／市場的採購清單？

A9：大多去超市。傳統市場要早起。去超市固定買無糖豆漿、香蕉（或當令水果）、腰果、雞蛋、起司、巧克力、一到兩包零食餅乾。如果需要開伙，再買雞肉、花椰菜、豆腐等等。我自己在家吃東西非常公式化。

Q10：妳在台北城漫遊嗎？能否推薦一條妳平日的散步路線給我們的讀者。

A10：大多在我家附近，平日還是搭車搭捷運較多。例如從民權東路走到松山機場，再從松山機場沿著富錦街折回民生社區。這條路比較平整僻靜。

黃麗群小檔案

1979年生於台灣台北，政大哲學系畢業。

曾獲時報文學獎短篇小說評審獎，聯合報文學獎短篇小說評審獎、短篇小說首獎，林榮三文學獎短篇小說二獎（首獎從缺）等。

著有《跌倒的小綠人》、《八花九裂》（短篇小說，以筆名九九發表）、《海邊的房間》（短篇小說）、《背後歌》（散文集）、《感覺有點奢侈的事》（散文集）、《寂靜：看見郭英聲》（採訪人物傳記），曾任職於網路媒體，現為專職自由作家。

黃麗群重要創作年表
(2001-2016)

2016年	《端傳媒》專欄作者
2015年	採訪人物傳記《寂境：看見郭英聲》獲金鼎獎
2015年2月	採訪人物傳記《寂境：看見郭英聲》（與郭英聲合著／天下雜誌出版）入圍2015台北國際書展大獎
2014年12月－2014年01月	《聯合文學》專欄作者
2014年11月	短篇小說〈海邊的房間〉由2014金馬電影學院改編為同名劇情短片
2014年10月	出版採訪人物傳記《寂境：看見郭英聲》
2014年8月	出版散文集《感覺有點奢侈的事》（九歌出版）
2013年5月	出版散文集《背後歌》（聯合文學出版）
2013年5月－2012年5月	中國時報《三少四壯集》專欄作者
2012年2月	短篇小說集《海邊的房間》入圍2012台北國際書展大獎
2012年1月	出版短篇小說集《海邊的房間》（聯合文學出版）
2010年	〈卜算子〉獲林榮三文學獎短篇小說二獎（首獎從缺）
2007年	〈貓病〉獲聯合報文學獎短篇小說首獎
2006年	〈海邊的房間〉獲聯合報文學獎短篇小說評審獎
2005年	〈入夢者〉獲時報文學獎短篇小說評審獎
2005年	出版極短篇《八花九裂》（筆名：九九，大田出版／自由時報〈花編副刊〉專欄結集）
2001年	出版小說集《跌倒的小綠人》（筆名：九九，遠流出版）

短篇小說選刊

卜算子

他們的每一天都是這樣開始的，起碼在他身體壞了之後，他們的每一天是這樣開始的：伯起得早，他起得晚，但不會太晚；鬧鐘醒來，沖澡，仔細地刷牙，他看牙醫是不太容易的；在鏡子檢查自己，看起來沒事，量體溫，看起來沒事。今天看起來，沒事。

那時伯也差不多提早餐進家門。固定兩碗鹹粥、兩杯清清的溫豆漿。伯多加一份蛋餅，他多加一包藥。兩人邊吃邊看新聞。時間差不多，伯先下樓，他擦擦嘴，關電視清垃圾隨後跟去。

伯已經很習慣有他在一邊幫手。接預約電話，一天只開放早上兩個小時，時間過了線就要拔掉，否則沒完沒了；備錄音機，裝上給客人帶回家慢慢聽的錄音帶。掛前幾號的陸續到了，問生辰八字，錄在硃紅箋紙上，送進伯的書房。回頭端茶過來，順勢引客入內。

今早進來是一對男女，不高不矮不胖不瘦，都戴眼鏡，男子襯衫西裝褲繫皮帶，女子雙頰多肉，穿一件帶螢光彩色的花洋裝罩著短袖針織洞洞小外套，很世俗的類型，風景區裡「麻煩幫我們拍一張照片好嗎？」的類型。要結婚了，奉命來合八字與擇日。男子上下望他一眼，對他不是太以

為然的樣子，他笑一笑，很習慣了，看看兩人生日，比他小幾歲。伯把一切瞞得很好，伯說自己一個人年紀大了，孩子是回來照顧他的，孝順呢，鄰里誇他，真是好孩子呢。

伯論命時會關上門。他坐在外面，讀報紙，接電話，上網，打一杯五穀湯喝。透天厝的一樓，粉光實心水泥牆四白落地，從外看來，若不說，也就是最尋常的鄉間人家，誰知道裡面有哪些人心與天機。大晴天，太陽穿進鋁門窗菱格，在冷津津老磨石子地上篩出一段一段光塊，有時他就趁著沒人躺在那塊光上，閉著眼睛聽，飲水機的馬達聲，電腦主機的風扇聲，門外的大馬路有車子嘩嘩開過，這些車子一部一部都十分明白自己要往哪裡去，熱鬧而荒廢。

本來不會是這樣。其實伯從前最不喜歡他對此一營生好奇，也幾乎不提他的命理，只說過：「你就是註定要念書，好好念書，你只要好好念書就後福無窮。」也確實他怎麼念、怎麼考、怎麼好，高中開始獨自上台北，一路當第一志願裡的中等生，逢年過節週末回家，伯娘沒有一次不是冬暖夏涼熬好糯米粥又炒一鍋麻油雞湯等他前腳進家門後腳就有吃，典型的好命子。

除此另還知道的唯一一件相關：伯雖然是爸，但不能叫爸。命裡刑剋過重。老方法應該過給別人養，然而伯孤枝一根，無兄無弟，晚來結出一子，最後折衷，不喊爸媽就好。他倒沒懷疑自己是抱來的，鏡子裡頭老照片上，三口人的相貌完全是算術，一加一等於二，自小到大無改。伯又說，剛學話的時候，一直教啊，小孩子這東西真是奇怪，他就是要叫爸叫媽，教好久才學會，要叫伯，還有伯娘，你說小孩子這東西是不是真奇怪。

這段小事也是後來回伯這裡生活才聽他講起的了。他沒想過有一天會回到這裡生活。他已不記得也沒算過的幾年前，伯娘患肺腺癌，胸腔打開來一看，無處下手，又原封不動縫上，六個月不到就沒了，出殯結束那天，下午回到家，兩個男人在屋廳裡分頭累倒，無話枯坐光陰，彼此連看一下靈堂上掛的伯娘照片都是分別偷望，怕被對方發現。

「要不要不然我多住幾天再回台北。」最後他問。「不用。」伯回

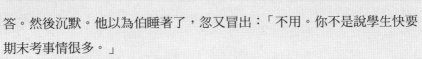

答。然後沉默。他以為伯睡著了，忽又冒出：「不用。你不是說學生快要期末考事情很多。」

災中之災。回台北沒多久，追一袋血追到他身上。對方在電話那端像老式撥盤電話線一樣自我圈繞——我們知道，你一定莫名其妙，這麼突然，很不能接受，但是，還是要請你來一趟，檢查看看，也不一定——講來講去不知重點。他那時受昔日指導教授保薦回鍋當兼任講師，小小的學術香菇，一邊孵菌孢一邊改破銅爛鐵卷子改得惡向膽邊生：「你到底講什麼講半天我聽不懂啦！」開口罵過，那端忽然條理起來。

「是要請問，你之前出車禍輸過血，對嗎？當時那位捐血人，那位捐血人，最近驗出罹患後天免疫不全症候群——嗯，就是一般俗稱的——（不用講，我知道那是什麼。他打斷。）——我們必須，必須請你來驗血。」

又得再往前追，想起來了，是更早的事，原來早就被算計在裡面了。那是所謂「老兵八字輕」的退伍前，他收假前車撞電線桿，骨盆裂開，內臟出血，看過現場的個個都說他命大。伯跟伯娘趕到時，他正在手術麻醉後的後遺症，吐到腸子打結，但心裡知道沒事了，看著伯臉色發白，伯娘兩手緊攢如石，他小小聲說笑：「你現在總該跟我講一下我的命到底是怎樣了吧，他們每個都在說我命多大多大，我都不知到底有多大。」伯說：「很大，很大，等你傷好回家我慢慢跟你講。真的很大。」

當然伯終究還是沒跟他講過什麼。他也不在意，不是信或不信的問題，無關而已。順利考上碩士，順利畢業，順利獲一跳板小學術職，順利通過留學考試準備申請出國，未來百般費用伯已經幫他立好一個美金帳戶在那裡。典型的小康知足，典型的一帆風順，典型的好命子。祿命是無關的事。

只沒想過如此，災中之災。那時講的命大命小都變笑話，證實感染，基因比對確認是那次輸血的結果，沒有發病，亦無人能預測何時會發病，仍被判斷應當治療。吃藥，嘔吐，腹瀉、無食慾，體重暴落，萬事廢棄。辭職，斷人際，拒絕一切支持系統，躲在台北近郊靠山一頂樓加蓋日日黴

睡。唯一只告訴伯自己搬家了，其餘怎麼解釋？跟誰解釋？誰給他解釋？沒有解釋。

哪曉得伯不知冒出什麼靈感，忽然找上台北，伯問清楚，伯沒有哭，他哭了。你不要靠近，你不要靠近，我流眼淚又流汗這裡都是病毒。你當我沒知識啊，伯一巴掌打在他搗臉壓淚的手背上，你當我鄉下人啊，你以為我不知道這樣也不會怎樣啊？誰知道啦，不要冒險啦。

「現在我沒有什麼冒不冒險了啦！」

伯帶了他回家。從此每天每天，伯起得早，他起得晚，但不會太晚，兩碗鹹粥、兩杯溫豆漿。伯多加一份蛋餅，他多加一包藥。時間失去彈性與線性，不必多久，就好像一輩子如此永遠都如此。

後來領到一筆救濟金，兩百萬，像伯一樣的賣命錢，伯論一個八字，多年就是兩千塊，他算算等於一千條。伯說你用，去用，盡量用，花光光，愛買什麼買什麼。他沒講話。那時屋內秩序陌生，都不知這個那個收在哪，背地裡翻箱倒櫃，找伯的存摺跟帳號，要匯過去，結果拉出一牛皮紙袋，啪啪啪啪，好戲劇化，落下幾包厚信封，暈出一陣檀木薰香（是伯還伯娘呢，拿香包跟這些東西放一起做什麼呢。）細看原來是當時申請幾個國外學校的答覆函，當時為免遺失，他統統填的老家地址。打開來，一封一封都是錄取通知。

※

到底是誰照顧誰，大概還是伯照顧他多一點，早餐伯買回來，兩頓也由伯料理，不脫蒸煮的白肉雞蛋青菜五穀，他營養必須有十二分的秩序。本來還要他飲雞精，腥得離譜，最後改成三天蒸一碗雞汁，去跟附近一個有半山野放農場的主人買土雞。他很訝異這些事情伯是怎麼學會？「你伯娘那時候嘛。」伯淡淡說。

至於他的醫生，就總是一種可怕的樂觀口吻，每次回診必加一句：「別擔心，活著就有希望。」其滑稽態度簡直像類戲劇裡演的醫生。他控

制著沒回話：我之所以忍耐持續配合治療，不是因為「活著就有希望」，只是病毒濃度控制愈低、發病時間愈晚，對我伯的危險愈小。老人家除了血壓高些，身體結實得讓人煩惱，我不是想帶病延年，是煩惱伯他無子捧斗送終。

跟伯在家空下來的時候，雖然沒什麼一定要說，但也不能老是什麼都不說，於是伯有時，就會忽然半空做聲。今天掛早上十一點的那對情侶，你有沒有印象。有啊，怎樣，他們來合婚喔。嗯，所以說合婚最麻煩，那個一看會有問題，可是兩個人下個月就請吃酒你要怎麼跟他講。你是怎麼看出來有問題，我覺得還好啊，很登對啊。登對歸登對，男生三十二歲到四十一歲不好，很不好，大限夫妻宮雙忌夾忌引動鈴昌陀武格——講了你也不懂，不講啦。你好好笑，講半天又說我不懂，不然你教我看啊，你又不教我。唉，人算不如天算，天算不如不算啦。

就都也不是尷尬、但也絕不自然地無話了。

倒是那之後，漸漸伯會揀些情勢簡單或特異的命造跟他說說，斗數子平，混著拉雜講，星曜格局四化神煞喜忌，他信耳聽久，聽出半成一成，忍不住跟伯要自己的出生時辰排盤細參，伯也說過，每個學祿命術者都得先從自己身上起步推敲徵驗，但伯不答就是不答。

「沒有時辰，以後你就不會想去問，防你將來上當。」

「上什麼當？」

「談男命先千後隆，談女命先隆後千。」

「什麼東西啊？」

伯嘿嘿笑兩聲：「江湖訣。隆就是捧你，說你好啊發啊。千就是嚇你，講這裡有破格、那裡有衝煞……還有，我講給你聽——言不可多，言多必敗；千不可極，千極必隆；小人宜以正直義氣隆他，萬無一失；君子當以誠謹儉讓臨之，百次皆——」他覺得伯搖頭晃腦顧左右而言他，有點惱怒：

「那你到底有沒有看過我的命。」

「我當然算過你的命。」

「我要講的不是這個意思——」

伯打斷，「我知道你不是這個意思。但是有差別嗎？」

「當然有差別，」他說，「當然有差別！你一輩子看那麼多命，你到現在還是每天看那麼多命，那麼多人上門叫你老師、問你那麼多問題，結果你連你兒子這輩子就這樣毀掉、你連你兒子這輩子一場空都看不出來——」最後幾句，聲音拉扯到說不下去，破裂了。他長久出力維持的平靜終於破裂了，他以為他真的很平靜。

「很晚了，睡覺吧。」

「所以你也是拿那個什麼隆什麼千在騙人，拿那個騙人騙了一輩子。你怕我將來上當，你說你怕我上當，如果有將來上當也可以上當有什麼不可以。你就是騙人才會害我變這樣子。」

「睡覺吧。」伯大聲地，不是怒不是急只是打斷他，「我很累了，你不累嗎？我要睡覺了。早起的鳥兒有蟲吃。」伯背過身上樓，順手把廳裡的燈光給撥滅。

他坐在那裡恍惚，一時覺得可以把世界坐成末日，但其實不行，末日都是自己的。牆上一面夜光鐘，數字與指針綠幽幽慢慢亮出來，那也只能自己亮著，照不見什麼。十一點四十七分。

他起身回去自己房間，他還是必須睡，他最晚最晚必須在午夜前入睡，他是不能熬夜的。

※

他們的每一天都是這樣開始的：伯起得早，他起得晚，但不會太晚，鬧鐘醒來，沖澡，在鏡子檢查自己，看起來沒事，量體溫，看起來沒事。今天看起來沒事。那時伯也差不多提早餐進家門。固定兩碗鹹粥、兩杯清清的溫豆漿。伯多加一份三明治，他多加一包藥。

他說：「我吃好了。」「好。」「我出門了。」「好。」「我幫你把茶泡好在桌上。」「好。等一下好像會下雨，你要帶傘。」「車上有傘。

我走了。」

雨一直沒有下來。

「你想過報復嗎？你想報復誰嗎？你可以談談，沒有關係。」

醫院安排的心理師永遠在問他這件事，但是他一直沒有回答。那是一名四十出頭的矮婦人，男式頭髮，小型的黑臉，扁唇方腮。他坐在那裡看她，心中永遠在想另一件事：對不起，我可以睡一下嗎？我可以在這裡睡一下嗎？請妳繼續做妳的事或說妳的話，不用管我，我真的很想睡一下。

不是為了逃避，是真的進門就好睏，那溫度，那沙發，那空氣，都是與他完全無關的乾燥的一切，讓他好鬆弛。他想這該算是她的成功或不成功？「最近，我跟我父親吵了一架……」總是得找話說的，「不過，也不算吵架，我父親沒有說什麼，我自己其實也沒有說什麼，但是我很惱怒，然後他就自顧自去睡覺了。」

「你們吵架的原因是什麼？」

「沒什麼大不了的事，很小的事。」

「可以談談嗎？」

「就……也沒什麼，我只是忽然對我父親很生氣，我好像故意說了一些話……算不算傷害我也不知道……總之不是好話。」

「你應該為這些憤怒找一個出口，」她說，「諮商的目的就是要幫你消化那些無法處理的情緒，可是你有沒有發現，你說的很少，你應該試著說說看，你應該告訴我。」

「我不知道該告訴妳什麼。」

「例如，你心裡沒有任何報復的念頭嗎？你難道不恨那個捐血的人嗎？他有可能不是故意的，但也有可能是故意的，你不恨他嗎？」

他知道她真的很好奇，面對滅亡的人都知道旁觀者有多好奇，就像每個鬼都知道活人多麼愛看靈異節目。「其實，真的沒有。我是說真的。」他也一直想不通為什麼竟從沒想過要恨那個病血者。「如果妳非要問我恨誰，想要報復誰，我想大概是當兵時幾個同梯吧。」

「同梯？」

「嗯。」

入伍一陣子，被發現一臉好人家小孩童子雞相，幾個人再再情義慇慨，要帶他去「品茶」，一開始他真的以為是喝茶，直到其中一個說：「我老點的啦，可以不戴套喔。」恍然大悟。才說不太好吧不習慣這種事。「喝過就習慣了，沒喝過茶不要跟我說你是男人啦，還是你喜歡純情一點，不然介紹你很正的魚妹妹，超正的。」援交個體戶交易叫「吃魚」，他推辭了。

「我常常想到他們。」

「你跟那群人還有聯絡嗎？」

搖搖頭：「沒有。不過有聽說帶頭那個，現在開了一間家具行吧，在台北，五股那裡，日子過得還不錯，賺了一點錢……後來也結婚，有小孩了。」

「如果現在碰到他們，你覺得你會有什麼反應？」

「……我想想……」他抬頭看她，笑起來：「我想把他們拿童軍繩結成一串，綁在卡車後面，拖到省道旁邊燒死。」

她點點頭，停頓一下，又點點頭。「很好啊，很好。今天你有很大的進步。」她抽出一張便條紙，寫幾個字，想一想，又寫幾個字，推到他面前。

「我覺得你應該可以讀讀這幾本書。我不會一開始就推薦給我的個案這些，但是，或許你現在讀了會有一些不同的感受。」

他看一眼，抽出夾在雙腿之間的右手，伸食指輕輕推回去：「我都讀過了。」

「你都讀過了？」

「一開始就讀過了。」

「那要不要談談看你的想法？有沒有帶給你什麼啟發？」

「啟發。妳覺得……」他忽然發現自己仍在笑，「妳為什麼覺得……一整個村子的人生病生到滅村這種事會給我啟發。妳剛剛說啟發嗎？」

「或許你還沒有準備好。」她把面前的紙條拈起，嚓嚓，撕成兩片、

四片、八片，擲進垃圾桶。其中一屑太輕，飄在地上，她彎下腰拾了又扔，順手將那金屬簍子往牆角匡啷一聲推齊。「我知道這樣講可能很殘忍，但是你真的應該正面思考，你知道有多少人，你知道外面，世界上，有多少人，他們完全沒有資源，也沒有支持系統，他們被排拒在社會跟家庭之外，有些人還有非常緊迫的經濟壓力，可是找不到工作，你應該來參加我們的團體諮商──」

「妳相信算命嗎？」他問。

「算命？」

「對算命。」

「大概……一半一半。」

「妳知道，」他直身正座，「我父親是命理師，在地方上很有名，很多人來找他，請他幫小孩子取名字什麼的，還有那些要選舉的。可是他從來沒有跟我講過我的事情，從來沒有。妳說如果是妳，妳會不會覺得很好笑？妳說妳會不會這樣覺得。」

「我覺得，我覺得你今天很有進步。你應該正面思考。」她把桌上的紙檔案夾子闔起來，又點點頭：「對了，像現在這樣保持笑容也是很好的，你真的有進步。」

※

他們的每一天都是這樣開始的：伯起得早，他起得晚，但不會太晚，鬧鐘醒來，沖澡，仔細地刷牙，在鏡子檢查自己，看起來沒事，量體溫，看起來沒事。今天看起來，沒事。

伯提早餐進家門。固定兩碗鹹粥、兩杯清清的溫豆漿。伯多加一個飯糰，他多加一包藥。兩人邊吃邊看新聞。時間差不多，伯先下樓，他擦擦嘴，關電視清垃圾，隨後跟去。

伯看見他，指指電話：「以後聽到要挑剖腹時辰的，都不要接。以後不挑了。」

伯娘走前，他覺得只有別人會死；死了，是天堂鳥或地獄圖，也不必關心。後來他們給伯娘化冥財，燒紙紮，一落落金天銀地，紅男綠女，幾乎接近喜氣，又有一只小小仿真手袋，他拈起來，與伯娘日常愛用者纖毫無差，差點破涕為笑了，對一旁當時的女友與伯說：「我死了以後，你們一定要記得燒金紙給我，我好想知道這到底能不能真的收到。」

女友臉上變色：「你胡說八道什麼！你怎麼在你伯面前這樣子講話！你有毛病啊！」伯在煙那一頭回答：「要燒也是你給我燒，我也想知道到底能不能收到啊。」伯拿鐵叉把爐裡的厚灰撥鬆往裡推，「要不然你看這個小包包，跟你媽的真包包價錢沒有差多少啊！」

再後來他常揣測，一旦把他拿掉，伯的生活會是什麼樣子。早早起床，梳洗換衣，出門買一碗鹹粥、一杯溫豆漿，加一份蛋餅。當然，不可能這麼簡單，做人又不是做算術。據說人彌留之際，一生關鍵場景將在腦內閃過，這說法幾乎是所有沒死過的人都相信了，他有時想想，想不出自己有哪些瞬間值得再演一次。

他問：「為什麼？」

「不知道。」不知從哪兒伯抽出一疊粉紅紙，啪一聲落在書桌玻璃板上：「這些全是沒生到的，我幫產婦擇日都挑三個時辰，家裡人跟醫生自己去商量。好啦，大家看定啦，刀也排好啦，孩子偏偏就提早自然產出來了。你說提早一天兩天，三個小時五個小時，也就算了，提早二十分鐘，三十分鐘，沒有意思。」

伯嘿嘿笑：「最可笑的是什麼，最可笑的是，一個婦產科醫師娘，四十歲，人工終於做到一個小男孩，包一個十萬塊的紅包，千交代萬交代，要悍哦，這個小孩要夠悍哦，有好幾個堂兄弟姊妹，不悍不行哦。結果時辰不到，孩子就出來了，她老公親自幫她接生，夫妻倆硬憋憋兩個半小時，憋不住，剛剛好差一刻，十五分鐘。他們來問我這個八字怎麼樣。看都不用看。怎麼可能好。」

伯說：「天不給你，你硬要，祂就不但叫你拿不到，還要讓你受罪的。」

「嗯。」

伯說：「以為有錢出錢有力出力就可以。人生哪有這麼容易的事。」

「嗯。」他在電話旁的桌曆紙台上信手寫下「不接剖腹擇日」。

趨吉避凶，知命造運，妻財子祿，窮通壽夭，人張開眼到處都是大事，可是他覺得，那些再艱難，也難不過人身前後五孔七竅。他記得幾次在伯娘病房裡外，跟伯兩人怎樣地計較她飲食，怎樣為了幾西西上下的排泄忽陰忽晴，覺得日子一切，不過都是伯娘屎尿。伯有一綠色本子，詳細記錄伯娘病後每天吃喝多少，拉撒如何；醫囑用藥等等，反而從不提起。

有時他懷疑伯是不是也這樣寫他。

伯娘走的那日，本子上寫了一百五十西西梨子汁，是他早上餵的。伯娘喝完了，精神一般般，不算太好，也不算壞，看了看電視新聞說想睡一下，她每天都是早上吃些果汁與粥，然後睡一下的。他坐在病床前啃另外一個梨子，吃完洗過手回來，才發現伯娘睡容十分奇怪。

迴光返照，常聽說的、人臨行前各種神異情狀，甚至幾句交代或者成讖的語言，伯娘都沒有。他以為七七四十九天，兩人總能夢過一次吧，也沒有。反而是那時，兩老都還沒見過的女友，在另個城市給他電話：「……我好像夢見你媽媽。」

女友說，伯娘著嫩黃色套裝，頸上短短繫一條粉彩草花方巾，站在傍晚鬧區的馬路邊上，夢中伯娘向女友抱怨，她的東西都沒有地方放，女孩低頭一看，果然許多隨身小物落在地上。

他跟伯說這件事，兩人趕緊拿了伯娘生前愛用什項，包括一只名牌手袋，請人照樣糊成紙紮，否則，沒有理由遠方女友會知道伯娘最後穿什麼的。他問伯娘夢裡看起來如何？女孩想了想：「胖胖的。」他聽了，眼淚一直流，伯娘病前，確實是豐肥的婦人，可是納棺前為她換衣服，身體吃不住布料，空落落的，伯說：「看起來很苦命。」他聽了，覺得頭昏，心裡想都到這個時候苦命好命有什麼差別呢，但還是去找來別針，想將裙腰縮起，看上去就有精神，葬儀社的人勸告：「不好呢。火化的時候，別針那個塑膠頭會熔掉，到時候一截尖尖的針留在師母骨灰裡，萬一跟著入

甕，先人不安，對家運很不好喔。」

伯終究偷偷地把伯娘的衫裙都緊得十分稱身。伯一邊說，這說的沒有錯，千萬記得，到時候要統統挑掉，他一邊算總共用了幾根大頭針。後來卻真的，大家細細爬梳，仍沒找齊，不知是燒化了，還是落在爐裡，「對家運很不好喔。」有時他想，或許真有殘留一些，一直在那只堅玉罈底刺痛著伯娘吧。

為了那夢，女孩趕到他家幫忙。伯娘是孤女，伯是幾代單傳子，訃聞上只有孝子跟杖期夫，從前他考試，親屬關係表就背不起來，現在最多有鄰里，與幾個特別熟的老客人，場面再漂亮布置滿堂再貴的大爪黃白菊與蝴蝶蘭，他仍然覺得是身後蕭條，她來了，感覺好很多，而人身後諸多眉角，她識規識矩，令他十分詫異。

那時他們交往不到一年，實在不久，許多事還來不及交換。一個晚上，伯已睡了，她洗澡從客房出來，敲敲他房門，兩人半累半精神，躺在床上說話，女孩慢慢告訴他，她父親從前在中菜館子做大廚，日子還可以，家族裡一個姑婆，找他合夥開港式茶樓，三層樓，宮燈彩簷金漆紅地毯，都是假的，但擔保與文件上她父親的名字，都是真的。那時她與妹妹都很小，她們偷聽父母深夜爭執語氣，聽見每到「還債」兩字就咬牙，以為是罵人的話，兩人吵起架來會大喊：「妳給我還債！」「妳才還債！」

「我爸回去給人請，當廚師，半夜再跑計程車，太累了，到死前都不知道身體發生什麼事，倒下來馬上沒心跳呼吸，死亡證明上寫多重器官衰竭，其實就是累死的。我媽繼續養小孩還錢，門牙壞了拔掉也裝不起假牙，最便宜要兩三萬塊呢，張開嘴黑黑的一個洞，」女孩說，「聽起來沒什麼，可是你不知道那樣子在都市裡生活，有多突兀多為難，所以後來她不愛笑，也不愛講話。她長期要吃安眠藥才能睡，有一天我們早上去上課，她到下午都沒去上班，警察跟她的同事通知我們回家，說她安眠藥吃過量了。」

「最困難的時候早就過去了，我自己大學快要畢業，我妹也剛上大一，債還有一些，不多，而且我們兩個人都在打工賺錢，實在沒有理由自

殺；可是，她拿了那麼多年的安眠藥，怎麼可能忽然犯這種錯呢……我們都想不通。所以你說，我為什麼會懂這些，就是自己從頭到尾辦一次。不可能忘記的。」

「我沒有想到過，」他很驚訝，「我們都以為妳是那種，那種家庭美滿的女生。」

「你不覺得跟別人講這種事情很廉價嗎，把傷口裡的肉撥開來給全世界賺眼淚討摸摸，很廉價，而且沒有基本尊嚴，你聽，我這樣講給你聽，是不是跟電視或報紙上那些大家看一看嘆一嘆氣聊一聊的新聞沒有什麼差別？」她背身面牆，蜷身做睡眠姿勢：「大部分的人沒有經歷過這些，他們都用一種意淫的方式在感動，幹嘛給他們看戲，要不是你現在也跟我一樣了，我才不告訴你。」

跟她一樣了。所以他一直懷疑災難真的不是隨機的，而是像她的家族遺傳或像他的傳染性，一旦遇過一次就有後續成群結隊地來拜訪。他後來痛苦地要她趕緊去檢查，趕緊去，雖然他們為了避孕一直有保護措施……她馬上就對他尖叫，她尖叫說你搞什麼，所以你搞了這麼久失蹤嗎？你為什麼現在才跟我說，你搞什麼你，你不要過來，你很惡劣……他真心覺得她倒楣，所幸她沒有事，她說還好沒事，但是光為了等檢驗結果出來的那段時間我就應該殺了你。他說對，妳應該殺了我，我也很希望妳殺了我，可是妳知道嗎，我現在真的不能死。

※

他們的每一天都是這樣開始的。伯起得早，他起得晚，但不會太晚；鬧鐘醒來，沖澡，仔細地刷牙，在鏡子檢查自己，看起來沒事，量體溫，看起來沒事。今天看起來，沒事。

伯提早餐進家門。固定兩碗鹹粥、兩杯清清的溫豆漿。伯多加一份燒餅。

「你最近吃的好像比較少，你有變瘦嗎。」伯說。

「沒有啊，大概天氣太熱了。」

也是十分奇怪，他們沒有討論過應該怎麼生活，病情後事，絕口不談，可就如此順勢地安頓。親與子真是多少奧祕，彼此精神裡彷彿有密契的絲腳可以牽一髮動全身。伯做飯，伯賺錢，不動刀剪的他洗衣打掃，他特別喜歡清潔，多次把雙手雙腳浸在稀釋消毒水裡，皮膚紅灼裂痛，安慰地倒掉，換一桶，開始拖地。有一回他在自己房間浴缸裡加了洗衣漂白水，浸在裡面，又腥又利，黏膜都蝕傷了，醫生嚴重警告。

雞尾酒藥物微調過幾次，與身體接近言和，副作用不重，雖然人還是偏瘦，氣色衰微些，看上去也只是一個弱質的年輕人；若早上見他就著清水吞那把藥丸與營養補給品，還以為是吃維他命。醫生常告訴他，要當做得了慢性疾患，像洗腎或吃血壓藥心臟病藥，帶病延年：「高血壓心臟病腎衰竭，如果不好好控制，也都是很致命人會突然走掉的病啊，你知不知道一年有多少人腦血管破裂死掉，而且你看洗腎比你還痛苦還不自由。」他想你這算是在安慰我嗎。

他吃下藥。他的豆漿只喝了一半。

「你已經有好一陣子早上豆漿都沒有喝完。」

「真的嗎。」他說，「我沒有注意。」

「你是不是不喜歡喝豆漿，還是喝膩了。」伯說：「喝膩了對不對，喝膩了吧。」

「應該是喔，大概真的是喝膩了。」他說，「我們每天都喝豆漿。」

「那明天喝米漿嗎。」

「好啊。」

「你吃飯也變少了，是不是白水煮的吃太久吃膩。」

「有一點。」

許多次想與伯談，扒開來談到底。他畢竟報廢了，是把名字寄存在活人這裡的鬼，伯不能這樣當做無事，不能當做他每天早上真是在吃維他命。可是他該怎麼啟動話題，要說，伯，我有一些文件放在衣櫥左邊上面數下來第三個抽屜裡；還是說，伯，你也該想想，我萬一先走了你一個人

行嗎；或者說，伯，我希望你找一個老伴，最起碼我們該養一隻狗，我不是一直說應該養隻狗嗎，車棚那麼大，養兩隻都可以。

「你伯娘走前講了一個食譜，教我怎麼炒麻油雞，我寫在那個綠本子裡，你把本子找出來給我，我們明天來吃麻油雞。」

「伯娘幹嘛教你麻油雞，她又不能吃那些。」

「她說你愛吃。外面味道不對，她有祕方的。」伯說，「她就是怕你以後吃不到。」

他喉嚨起伏，又點點頭。

「你出生的時間是早上十點三十七分。你伯娘總是說你真乖真好，你看，她前晚還睡了一個飽覺，起來早餐正要吃，八點就忽然說肚子好痛，我們趕快叫車到醫院。那天太陽好亮好熱鬧的，滿世界跟鍍金一樣，不到兩個小時你就生出來了，我問你伯娘痛不痛，她說，」伯笑起來，魚尾紋一拖深深到兩眼水底，「她說，當然痛，可是好像也沒有人家說的那麼痛，一下子那麼快生出來，真丟臉，像母雞下蛋一樣。我說那妳難道能憋著嗎，不能憋的。」

「告訴你了，」伯繼續說，「十點三十七分，你就去參吧，我看你每天在那個電腦網路上看那些教人家算命，沒有時辰你怎麼看。」

「子丑寅卯辰巳，」他彎一二三四五六手指，「巳時。」

「對，巳時，參不透再來問我。」

「你不是都不要跟我說這個。」

伯停了半晌，「說說也好。說說沒什麼。每天也沒什麼事，我來教你一點，將來……末流營生也還是一種技藝，哪天伯不在了，你在這地方也能活，不是說你沒用，只是伯知道……出去外面，你這樣很不容易……」

鄉間的時晴天，快雲爭逐過日，他看著光線在牆上掛的一幅字上忽明忽滅。「醉者乘車墜不傷全得於天也」。多年前，一個老書家寫來贈伯，他進進出出從小看到大，從不經心，只有病後一次，他坐在那裡，空鬆地無意識地望它，忽然想這到底在說什麼呢，起來google一下，才曉得原是一首古詞最後兩句（可是作者他忘了，要知道得再查一次），調寄卜算子。

他想一想，七竅風涼，周身毛豎，這豈不是講開了他與伯一生的機關。

「好，」他說，把豆漿慢慢喝掉，他有點反胃，還是喝掉了，「我明天從醫院回來就講給我聽好嗎，明天下午四點才有一個客人。今天我們排得很滿，沒有時間了。」

「對啊，今天沒有時間了。」

※

明天當然也是一個每天同樣的開始：伯起得早，他起得晚，但不會太晚，鬧鐘醒來，沖澡，仔細地刷牙，在鏡子檢查自己，看起來沒事，量體溫，看起來沒事。今天看起來，沒事。

夏天早晨走進廳裡，茶几上兩碗鹹粥、兩杯稠稠的淡褐色的溫米漿。他隨手翻著桌上郵件。「我要去醫院了喔，中午就回來。」報紙。「實在不是很想去。」電話帳單。「每次都要找話說。」房屋廣告。「我想我停掉算了。」水費。「人家說命理師就是以前農業社會的心理醫生，你要教我，我可以自己來治自己。」伯說，「好啊。」

走出門那一刻，日光太好了，已經幾個禮拜沒有下雨，他想到伯說的鍍金的世界，眼睛有些畏澀；他忽然想到很多瑣碎的事，想到今天有些東西，或許可以談談。

也是有不曾想到的，例如他左腳踏出，不會想到幾小時後右腳踏回，就覺得奇怪，伯沒有在書房，上樓看見伯還坐在藤椅上，電視遙控在扶手上，伯的手蓋在遙控上，電視空頻道雜訊沙沙沙沙，沙沙沙沙沙沙。他說：「伯你在看什麼啊。」話一說出口他就知道了。沙沙沙沙，沙沙沙沙沙沙，他還以為伯在轉台還是在準備放動物頻道全套DVD。伯愛看動物頻道，伯有一次說他看人看得好累，每天看這麼多人，他想看動物，他就去買給伯。伯也好喜歡看。

沙沙沙沙沙沙，腦子裡都是這個聲音。他知道了。如果人彌留之際會見走馬燈，他想，如果真的會，那他將來一定再見這一幕。他曾經聽人恥

笑死亡，看過連死亡一角都沒見過的人表現出瀟灑，他完全不知道那到底有什麼好笑，也不懂現在自己該如何瀟灑。他心裡有一個聲音說，說你現在在幹什麼，你每天吞那麼多藥、喝那些難喝得要死的草泥巴生機湯，不就是為了讓你能看伯入土、而不是伯得要給你蓋棺嗎。你應該坐下，不要出聲，想像伯已經或即將得到一個答案，你很清楚這是個好的收場。這聲音說的都沒錯，他知道。

有一次，電視談話性節目討論迷茫度日的年輕人，說他們混吃等死，他那時覺得這四字，之於他真是太貼切了，混，吃，等死。努力混日子，好好地盡量地吃，等伯死，殮成一甕，捧在懷裡，入蓮座，化金銀，伯終於要知道他到底收不收得到紙錢了。出生時伯已經失去他一次，還好最後不必再送走這個獨生子。他今天好歡喜成為一個無父無母的孩子。

他們的每一天都是這樣開始的，但伯的這一天已經結束了。無常往往最平常。他捏捏伯的頭，又捏捏伯的腳，他的伯，今年七十有一，會有各種原因，但是他不關心，那些是新聞紙上記事細節，他人的談資，說伯千算萬算算不到自己，誰會知道這是喜劇。他跪在那裡，不是為了要跪或該跪，而是因為腿沒有力氣。桌上的早餐被他掀翻在地，湯水溫熱未冷，癢癢浸泡雙腳。他心想命運對他一家，總算手下留情，他想叫一聲爸，可是一輩子，二三十年，沒有叫過，口齒不聽使喚。他輕輕抱住伯的膝蓋，伯的膝蓋輕輕偏過一旁，現在的他，終於不擔心眼淚沾到伯的身體。

（本文榮獲2010年台灣林榮三文學獎・短篇小說組二獎，首獎從缺）

敗而不潰的「詩意」
讀黃麗群〈卜算子〉

楊曉帆

在一次兩岸作家交流活動中,黃麗群曾談及有關「詩意」的不同理解:「我認為在台灣語境下的詩意,更接近一種人類被現實跟現象的慣性覆蓋之下,某一個瞬間,忽然刺進生命與世界本質很深的地方,像一根探針,快速地下去了,也很快地抽了出來。當然這個快速與瞬間性、脆弱性也是詩意的一部分。」這其中潛在的悖論,不僅投射出黃麗群被歸入「六年級生」台灣青年作家的現實感,也格外接近她的寫作氣質。她的一針見血、冷眼觀世,她的欲說還休和自我否棄,就像小說集《海邊的房間》序裡柯裕棻的評語:「了悟而不覺悟」。敘述上的節制有度只是表像,根底裡是她即便宣稱了自己是一名宿命論者,「瞬間性」和「脆弱性」當然是「來不及」的透徹領悟,也要哪怕一「刺」去實踐出詩意的另一面。

〈卜算子〉題解著這兩難,又似乎在尋找突圍的可能。放回小說集《海邊的房間》中來看,這篇較晚近之作既有黃麗群一貫的風格,也很特別。因輸血事故染上愛滋病的「我」與做命理師的老父親相伴走完生命最後一程,父與子、日常與無常、衰老與惡疾。螺螄殼裡做道場,與黃麗群其他小說一樣,一個並不複雜的故事總能層層剝繭,精確地呈現出被隱匿了的精神內景。〈卜算子〉為避命裡刑剋過重,父親要兒子自小喚他作「伯」,第一節結尾兒子無意間發現父母為留他在身邊私藏了國外學校發來的錄取通知書,這疏離又彆扭的家人關係,容易讓人聯想到《海邊的房間》裡父女間的畸戀,但〈卜算子〉又沒有發展出步步驚心的極致敘事。人物情緒始終是條暗河,就像小說裡那句「無常往往最平常」,即使插入了能夠開啟故事性的機關,也還是在寫尋常生活中的「家人父子」。

對比來看，《海邊的房間》其實更接近黃麗群一段時間內最集中的創作主題，那些被廢棄的、遺忘在生活暗面裡的孤獨的人，如何造夢以自愈。敘述者用虛構的力量助燃，又遞過一面鏡子照出灰燼。無論是老城裡開診所的繼父、夢想海邊房間的少女（《海邊的房間》）；還是以為自己被深愛其實不過是被自己夢游時扮演的「女孩」愛著的他（《入夢者》）；以為收到了女神求愛信其實不過是因為「有用」才被前女友想起的他（《有信》）；在車禍現場想像兩個男人為自己決鬥的她《決鬥吧！決鬥》）；為了多見一次年輕帥氣的獸醫不惜虐貓的她（《貓病》）；憤怒地控訴按摩師性騷擾其實卻從不被認為有女性魅力的她（《貞女如玉》）……。小職員、便利店服務生、大齡剩女，或許不應太匆忙地就把這些「他」和「她」直接解讀做現代都市生活中的邊緣群體，從寓言而非現實的層面看，他們都有著黃麗群所說「B級人生」的普遍性：「那些受圍困的、不勇敢的、未必壞到哪裡去但也沒可能更好的每一個人」（《背後歌·便利商店》）。相比不堪的現實資本，他們的精神世界最豐饒，所以才像B級片，用

拙劣粗糙的素材演繹一出最跌宕起伏的內心戲，儘管終究只能是對現實虛妄的補白，但彷彿也惟其如此才有了「在俗濫中開花」的可能的尊嚴。情節結構的雙重反轉，是黃麗群保持與現實間最妥帖距離的方式，既是成全，也是諷刺。

〈卜算子〉的特別，是它取消了一個人幻夢的捷徑，從上述小說結束的地方開始。父親把待死的他從台北帶回了家，城市中萬事廢棄的獨居，變成日日聽父論命、聽市聲、回憶滋生的家庭生活。「他畢竟報廢了」——本來以為無所謂祿命的小康知足的生活，現在一根針下去，夢醒，接下來怎麼辦？活與死都聽天由命，那餘下的日子是繼續假寐還是揮霍著放棄？

黃麗群巧妙設置了由心理諮詢師和老派命理師代表的兩種路向。現代的科學的精神分析，是要引導「他」從過去的經歷裡分析出對現在和未來有益的關於自我的知識。如小說中所說「幫你消化那些無法處理的情緒」，諮詢師已經把這情緒明確為「恨」，因而要他首先成為處理自己人生素材的小說家，去完成一個有始有終的「復仇」故事。他也的確憶起當兵時被

同梯性騷擾的恥辱，也咬牙切齒地想像了一個血淋淋的復仇場景，諮詢師很滿意地說他「有很大的進步」，並進一步建議他靠讀書和參加團體諮詢的方式學會移情，即「正面思考」，想到這社會上許多人還遭遇著更大的不公與悲劇，便能為自己的不幸「做好準備」。聽著青年導師般諄諄教誨的套話，小說中「他」的倦意總讓我想起黃麗群在散文裡對諸如「關鍵在努力」之類漂亮話的冷嘲。「自我剖析」與「正面思考」為何變得如此空洞無效了呢？與其輕易地說是因為「他」被命運擊潰後的空虛與懦弱，不如換個角度看，「他」或許是在懷疑和抗拒一切可能被偽裝成積極向上實則自欺欺人的所謂「療癒」。寫過「他」和「她」們幻夢故事的黃麗群，當然知道這「療癒」的虛妄。「我們」既沒有變成自己厭惡的人，也沒有變成自己信服的人，「最後，只好發明三個字，『小確幸』，抱著它，在生活偶然綻破的慈悲一瞬裡，終於有個機會，暫時忘記這件事：我們沒有變成一個幸福的人。」（《感覺有點奢侈的事·我們沒有變成》）儘管諮詢師並沒有操著一套「小清新」的語言（甚至看上去恰好相反），

但它仍可能成全「小確幸」，把痛苦的個人包裹在一個平滑的敘事裡。由此再看黃麗群的宿命論，就像〈卜算子〉中「他」的選擇，不也有那麼一點抵抗的意味？「他」一遍遍強調，「他畢竟報廢了」，身體患惡疾只是表像，實質是早已萌芽的精神的苟活，用小說裡的話講，「再往前追，想起來了，是更早的事」。或許只有徹底否定了自己，始終有骨鯁在喉的不痛快，才有再尋一條遠路的動力。

和精神分析把一切歸因於自我意識與情緒不同，命理師只能在人算和天算間拉鋸，倒不是因為有「談男命先千後隆」之類江湖決就說它全是騙術，但他也識破了這門老手藝與心理諮詢同樣的虛弱無力。就像父子衝突的根源，是命理師自己也不得不接受「聽天由命」。他憤怒是因為如果伯早算出他會這樣被毀掉、一輩子一場空，為什麼還要誆他是典型的好命子？而伯的無奈，不也是即便把萬事都算計在內，還是無能為力嗎？一定要說心理醫生和命理師的差別，大概就是前者告訴你「什麼可以改變」，後者卻告訴你「什麼是不可改變的」。

於是，小說裡父子倆再談命造生辰

時就像談論伯娘的好廚藝，儘管都話裡有話，但不再期待得出答案或解決之道。卜算的結果和驗證都被延宕了，它只是拼起日常生活的一個插片。如同被認為很厲害的命理師，對他來說不過是不能喊出口的父親，一個失去伯娘又即將失去兒子的孤獨老人。就好比伯雖然一面喋喋不休地數落那些「憋不住」白白挑了剖腹時辰的，一面又在「他」出生時對伯娘說「不能憋的」；伯用小本子詳細記錄下伯娘生病時的吃喝拉撒，讓「他」覺得「日子一切，不過都是伯娘屎尿」。那些無法把握的命數漸漸變得舉重若輕：「趨吉避禍，知名造運，妻財子祿，窮通壽夭，人張開眼到處都是大事，可是他覺得，那些再艱難，也難不過人身前後五孔七竅。」相比黃麗群此前作品中更為人熟悉的陰鬱，〈卜算子〉的苦澀裡多了些溫情。真是一個奇妙的轉折，同樣是認定了一切徒勞無功，竟然不動聲色地寫出了「行到水窮處，坐看雲起時」。

敘述者不是靠外力去經營這轉折的，更像一架節拍器，僅僅在細微變奏間，讓讀者在似乎喪失了彈性與線性的時間裡，感念重複單調的生活背後生命的延續，並帶著不安等待終要發生的嘎然而止。就像這段在小說中前後重複了五次的話：

> 他們的每一天都是這樣開始的：伯起得早，他起得晚，但不會太晚，鬧鐘醒來，沖澡，在鏡子檢查自己，看起來沒事，量體溫，看起來沒事。今天看起來沒事。那時伯也差不多提早早餐進家門。固定兩碗鹹粥、兩杯清清的溫豆漿。伯多加一份三明治，他多加一包藥。

前四次唯一變動的只是伯多加的那份早餐。蛋餅、三明治、飯團、燒餅，伯的生氣，襯出我的垂死；可最後一次，活著終不能無休止地花樣翻新，反倒是我的「看起來沒事」總算苦撐到為伯送終。「他們的每一天都是這樣開始的，但伯的這一天已經結束了」。重複的日子和動作讓人想到西西弗斯推石上山的隱喻，事情的結局和時間的先後次序仍然是無法撼動的，但就像西西弗斯和滾落下來的石頭，父與子之間哪怕只是因為所謂責任與慣性的牽絆，也因為彼此的存在確定了自己的軌跡。分不清是誰拖累誰、誰照顧誰，此

前認定生命「畢竟報廢了」的他，此時才真正因為伯的體貼和失去家人的恐懼，經歷了一遍生命的不堪與徒勞。

頗有點反諷的，他將自己代入電視節目上批評的那些「迷茫度日的年輕人」，「混，吃，等死」，只不過是「努力混日子，好好地盡量地吃，等伯死」。在我看來，〈卜算子〉全篇都可以看作是這一句話的註腳。聯繫黃麗群巧引辛棄疾詞：「醉者乘車墜不傷全得於天也」，辛稼軒「用莊語」的放達，越發反襯出今人的無奈。我想像黃麗群寫到「混吃等死」這幾個字時的心情，一定也哀其不幸、怒其不爭，但恐怕更多還是感同身受。拋開那些空洞的指責，如果迷茫度日就是關於現實感最真切的中性描述，那麼如「他」這樣卑微的解釋和自辯，難道不是「敗而不潰」的一種嘗試。

〈卜算子〉的確分享著黃麗群甚至可以說許多兩岸七〇後、八〇後作家都共通的「失敗的實感」。黃麗群寫台灣人愛算命，「不知是否因為長期處在一種前途未卜的浮島狀態」、「孤懸海上、裡外無依」（《感覺有點奢侈的事·算命》）；她在〈如果我們運氣好〉、〈連鎖美食餐廳〉等散文篇目裡也曾直接談及「美麗灣」等社會事件，並說自己這一代人「與其說是個崩世代，不如說是缺乏運動經驗的肌無力世代」。儘管台灣作家有其自身的歷史與現實脈絡，但面對生活的頹然與失望，對如何在文學與現實世界間建立有效聯繫的懷疑與自我要求，和內地青年作家都是一致的，也都格外需要在已然非常熟練的創作方式之外尋求突破。

〈卜算子〉的好，是它不再局限於由敘述者掌鏡去逼視某個人物的內心世界，而是向現實生活本身的豐富性敞開。

黃麗群較近期創作的〈卜算子〉、〈當一個坐著的人〉都寫到了父親形象，並且把兩代人放到同一個命運感中來。她的採訪人物傳記《寂境：看見郭英聲》，也可以看做是一種新的嘗試，可能從更開闊的參照視野來重新審視自己這代人經驗的特殊與普遍。自我剖析精細到一定程度，總還要回到「怎麼辦」的問題上。這並不是說青年一代就必須生造出一個總體性視野去指導行動，〈卜算子〉裡「他」所抗拒的心理治療隱含著我們這個時代的危險，文學不是電視新聞，急於命名或賦予意義很可能會更快速地消耗掉

個體生活中無限的具體性。敗而不潰是妥協，但也有它激進的一面。不再習以為常，也不依賴於生活的戲劇化去顧影自憐，左右不了歷史大勢，也不能困守在精神世界裡神遊與清談，重新去經歷和撐開生活的可能性。

回到文章開頭引黃麗群所說的「詩意」，如果這詩意僅僅被當做一種美感，就真的是不戰而敗了。與小說裡的冷靜節制不太相同，黃麗群的散文創作是把她自己打碎放進一個萬花筒，有太多不同情緒的混雜拼裝。她洞悉中產夢的破滅，厭惡城市以生產性、效率規整一切，卻也喜歡計程車、便利店所提供的「一時的庇護」。讀黃麗群的散文覺得被體貼，也有些不安。如〈夜奔〉，讀到「夢是凡人的夜奔」，眼瞼之外是庸俗晦暗的生活，幸好「我有夢如密室，在那裡我看見只給我一個人看見的恐怖或大美，他人無從讚美或輕視的地獄或天堂。無比孤獨，卻更無比快樂。那裡只有我一個人。」這夢自然對焦慮的我們有著十足的誘惑力，但黃麗群不也寫到林沖風雪山神廟的夜奔——「無回頭路」不見得只是現實所迫，大概也是生命本該有的力。

黃麗群這樣描述過一代人的位置，「我們守著廢墟。但廢墟也有廢墟的道理，古羅馬競技場如此美麗。前代人留下夕陽，我們這一代站在邊界時刻，夜晚來了，然而也有星星來了，他們奮力點亮天空，抬起頭，我其實很慶幸。」（《感覺有點奢侈的事·然後星星亮了》）詩人北島在也曾迷惘困厄的1970年代寫過一首詩〈結局或開始——獻給遇羅克〉，其中也有這樣幾行：

> 我，站在這裡
> 代替另一個被殺害的人
> 沒有別的選擇
> 在我倒下的地方
> 將會有另一個人站起
> 我的肩上是風
> 風上是閃爍的星群……

【楊曉帆，華中師範大學文學院講師】

內向者的逆襲？
讀黃麗群小說

黃文倩

> 日常生活所獲得的關注是與日常生活中出現的危機連在一起的。
> ──赫爾曼・鮑辛格（Hermann Bausinger, 1926-）等著
> 《日常生活的啟蒙者・不引人注意之事》

一

黃麗群（1979-）在她的散文〈喝一點的時候〉，有段頗有意思的話：

> 喝一點的時候你要非常小心，小心別把自己也不小心傾倒出來，在這個世上不小心倒出自己的人，都會覆水難收。但也唯有喝一點的時候，我對任何人能恆久忍耐，對萬物都有恩慈，對我的恨不嫉妒，對凡事有許些盼望；唯有喝一點的時候，也是輕信的時候，……。理解了軟弱，理解了愛恨，理解了世界上為什麼要有勵志書以及芭樂歌。唯一可惜的是，第二天，一覺醒來，除了留下一點頭痛，我又成了一個壞人……。（《感覺有點奢侈的事・喝一點的時候》）

這段話的關鍵意義是：第一她喝的當然是酒，可惜沒具體描述喝哪一

聯合文學

種、幾度、什麼色澤與光度的酒，同時所謂喝一點，究竟是多少？麗群對品酒和審美的斟酌，還是比較小心與節制的。第二是文章收尾的張愛玲（《紅玫瑰與白玫瑰》）的調性，但價值取向不同，佟振保一覺醒來「改過自新，又變了個好人」——在愛玲那邊，恐怕意謂著振保再度臣服於世俗的框架與秩序，但麗群顯然並非如此。

郭強生、柯裕棻、紀大偉對黃麗群和她的作品多所好評（均收入黃麗群《海邊的房間》推薦序），從個體的角度說她的天才（柯裕棻語）；從主題的角度，評其小說的「不標新立異，不大驚小怪」的獨特（郭強生語）；從角色，談其作品中的人物的「知（或，不知）其不可而為之」的偏執（紀大偉語），這些話我沒有不同意的。

1979年，黃麗群生於台北，一路念書（大學／本科就讀政大哲學系）工作生活幾乎都在台北，在台灣「七〇後」的代表作家間，她明顯地屬於都會型的作家。她的作品量不算多，根據她自編的創作年表（詳見本刊專題〈黃麗群重要創作年表〉），在2001-2016年十五年間，她出版過小說集《跌倒的小綠人》（2001年）、極短篇《八花九裂》（2005年）、短篇小說集《海邊的房間》（2012年）、散文集《背後歌》（2013年）、《感覺有點奢侈的事》（2014年）以及採訪人物傳記《寂境：看見郭英聲》（2014年）共六部。這當中，又以2012年《海邊的房間》收錄歷年文學獎得獎的作品，可以視為較重要的代表作。儘管黃麗群的散文／雜文寫的頗具智性、博雅和靈動的趣味，人物專訪亦能掌握被訪者的性情與特質。但小說這種文體，或許更能迫使不時散淡的她調動與整合更深的智力與悟

九歌出版社

性，使她認真起來，用力或不用力，機緣到位時，便能發現許多超越表層現實的深刻及幽微處。

黃麗群的父母親均為來台的外省第二代，她可以說是外省第三代，但省籍意識在她的作品中沒有明顯的刻痕。她的作品的深度解讀，因此也不適合快速地聯繫線性的歷史來討論。談起自己的身分或認同相關話題，黃麗群不認為有什麼特殊的敏感與禁忌，在回應本刊〈十問實答〉中她自述：「如果有任何特殊之處，都不是外省族群獨有的，而是東亞歷史與區域政治的軌跡在台灣複雜地交錯了，而我只是繼承著這種種歷史背景的台灣人之一而已。」從麗群的小說、散文甚至採訪錄來看，此言不虛，她的省籍主體認識確實並沒有到自覺的影響，但當我較完整地閱讀麗群的大部分代表作後，我反而認為，正是在這樣不自覺地暫時擱置歷史的一種台北都會型主體裡，黃麗群的作品體現了一種不曾被文化策略性操作下的歷史無意識。因此，在麗群的重要代表作中，反而開展了晚近台灣社會與主體困境的一種「內向」性的深度。

二

《海邊的房間》的主人公們，大抵都是一些內向者，無論是同名小說〈海邊的房間〉（2006年）中的「繼父」及其「女

天下文化

兒」，〈入夢者〉（2005年）中的窩居於都會底層的宅男，〈卜算子〉（2010年）裡因車禍意外而感染愛滋病的兒子，〈貓病〉（2007年）、〈貞女如玉〉（2010年）中大齡無容貌無金錢無權力的都會剩女，他們之所以內向，並非是一種簡單的個體性格。黃麗群的社會敏感度與見識，賦予他們社會化下的內向性——與客觀的現實遭遇、階級、美醜及各式條件相關，換句話說，主人公的內向性及之所以要維持其內向，仍是他們與台灣新世紀以來資本主義社會文化作用下的結果。

〈海邊的房間〉裡中醫師的「繼父」，年輕時被妻子拋棄，妻子留下了非他生的「女兒」予其撫養，「女兒」日漸成長，他漸漸亦發生了一些對「女兒」無法言明的愛、安全感與控制欲。因此，在「女兒」長大想離去時，他對「女兒」施以針灸令其癱瘓，並且從市區搬到「海邊的房間」，安然地過著日復一日「守常」的平靜生活，並且繼續不斷以針灸維持「女兒」的癱瘓，同時，為其餵藥湯水，以保養並維持她即使癱瘓也美麗的肉身。〈入夢者〉刻劃了一個都市底層的清貧醜男，他從達爾文演化論自覺到自己早該是被淘汰的個體，意識到既然無法也無能回應高速資本主義社會的變化與標準，遂以台灣鄉土社會的牛狗之姿的頑強，宅居在都市的一個小角落，並透過網路交友系統與自我幻化作為常態的日常，往內發掘想像的「她者」，以獲得空想中的救贖。〈卜算子〉的內向性，更落實在人生中由於遭逢某種特殊意外後的主體平衡——主人公因車禍輸血，感染了愛滋病，被鄉下靠算命維生的老父親接回家，兩人都採用最低限度的生活以為生命治理與自我控制，小說中多次出現與循環的早晨敘事，細膩且藝術化地表現了一個愛滋病患者害怕變化，盡可能小心翼翼維持與

「守常」的努力與心理焦慮。

　　黃麗群筆下的主人公們,是以內向作為逃避他們的人生與責任的方式嗎?我不認為如此。相反地,我以為麗群恰恰是清醒地明白,這一類的內向者之所以發生內向性——盡可能守柔守常,並非是主體的「修養」,而是更多地是為了抵抗外在環境與條件變化下的危機、不安與痛苦。因此,她筆下的這些主人公們的生活幾乎極端單純與規律,小說的空間亦主要被塑造成封閉式:海邊的

聯合文學

房間、鄉下的家屋、狹窄的都會裡的出租套房,或分租共同的小房間等等。同時,作品中的人際關係與往來方式,既使是親人,也非世俗的典型,正如同過去的論者已曾言及的,主要是一些「名不正言不順」的親屬關係(紀大偉語)。但更具體且精確地來看,其實麗群在寫的是「名」難以正,但「實」卻在後現代台灣已能被主人公們接受與運行,但是這種表裡難以合一的錯位,也造成了他們彼此說不清的隔,每個人都有著一己獨特的秘密與不能點穿的歷史傷痕。同時,這樣的特質也不僅被落實在「親人」的關係與想像裡,黃麗群還寫出了一些晚近台灣都會下層的孤寡殘弱者的命運切片(如〈入夢者〉、〈貓病〉及〈貞女如玉〉),其內在的社會分析與感性能力亦頗為精確敏銳。

　　如果說凡存在必合理,我們也可以繼續追問,黃麗群筆下的主人公們如此地以各式扭曲與幻化的方式抵抗變、執守常,看似做自己的內向性,又是否真的能成全或完成他們的救贖?作為一個「壞人」,麗群恐怕

明白從文學或現實上來說必然困難。但從這點來看，〈海邊的房間〉在藝術上完成的一種恐怖的美感是相當成功的——作品首尾都以一封電子郵件穿插，「繼父」明明知道已癱瘓的「女兒」無能反抗與回應，仍要刻意地刺激她，唸這封她昔日男友將回來找她的電郵給她聽。這裡展現出來一種完全不公平、不對等的控制的恐怖，「妳」完全不可能還手與抵抗，連對手的資格都不被賦予，只剩下作為中醫師的「繼父」平靜的、顯性的、甚至可以說帶有美感的、自我感覺良好的威權，在最終和諧地卻也病態地擴張。昔日張愛玲在〈金鎖記〉寫出因為自身的不幸，對子女施以隱性加害與控制，到了黃麗群的時代，「親人」間的靈魂惡意被露骨地推進，儘管「妳」表面上被豢養出如「玻璃棺中白雪公主都不能這樣美麗」的肉體。

　　類似的和諧的病態（及其美感），在〈入夢者〉與〈卜算子〉中亦頗有可觀處。〈入夢者〉中的都會底層的醜男，在網路上申請了兩個電郵，然後在交友網站註冊，他以自我幻化為另一個女性角色寄信給自己，每夜書信聊天，一人分飾兩角地調情以求自我安慰。黃麗群幾乎以一種悲憫情懷和善意，在揣摩與合理化這個男主人公的自我分裂，她細膩地寫出一個看似不理解社會、現實複雜性的邊緣或底層人物的生存與精神困境——主人公卻隱隱明白資本主義社會下的隱性潛規則：「美是階級，肉身是兵器」，他的自我幻化必然成空，但想像出來的溫暖仍不無慰藉：「他想到天幕下有個陌生親密的女孩與他同步著生活，就有種既空又滿的歡喜」，而當我們一路跟著主人公的幻想，最終又莫名其妙的中止與幻滅，見證他仍能以牛狗之姿自我解消，繼續過著日復一日「美夢永不成真日子」，終究還是能召喚出讀者的心酸與同情。而麗群也似乎在暗示我們，對於類似

的底層人物而言，在不堪、非理性與毫無意義的日常裡，未必就不能就一天過一天，何況主人公還被賦予了本土素樸如狗如牛般的主體，因此結束自我幻化之於他也不是什麼悲劇（不若董啟章在〈安卓珍尼〉處理知識分子的主體走向消亡及毀滅）。生命中的偶然的決斷來得乾脆，也不需要什麼心理負擔，小說最後讓我們的底層主人公把電腦賣掉：「倒不是因為睹物傷情或心生恐慌，畢竟他也恢復了狗或牛的堅韌風格，而是不希望自己有機會在不知哪日又起身弄些什麼把戲。」

著名代表作〈卜算子〉，也有著類似對「混吃等死者」的同情理解，主人公因為車禍意外，輸血而感染愛滋病。他的父親是算命師，但只能叫他為「伯」，為何要叫「伯」？因為據說他命裡刑剋過重，不能喊自己的父母為爸媽，只能喊「伯」及「伯娘」，如此遵守刑剋的傳統，「伯」卻也沒算出／預料到兒子的命運。然而，「名」雖不正，在黃麗群筆下，並不妨礙真實的關係，作者顯然認為，人生真正重要的意義與價值，往往跟表面的「名」沒有關係。主人公的父母們仍是盡責任的好父母，而主人公對父親的深情，亦體現在小心謹慎不要傳染此病給父親的焦慮上，因此他們的生活極其規律，能夠不發生變化就不要變化，似乎隱定就接近了「常道」，畢竟人要死也不是那麼簡單，愛滋病如果控制得當，未必不能久活。日子終究很長，在日常的規律中，麗群細細鋪陳這一對父與子濃厚溫情的相處細節，例如本來不會做菜的父親竟然會燉湯了，例如主人公告知女友他得了愛滋，卻立即遭女友嫌棄，他傷心之餘但也覺得自己還不能死（因為父親還在）。直到最後「伯」意外的、自然地壽終正寢，他才敢放下心掉淚：「終於不擔心眼淚沾到伯的身體。」原來他力求自保，其實

為了保護他者，在主人公狀況最不佳的時候亦然。麗群關照這些弱勢者、平凡人，他們的控制欲與病態的愛、他們的溫柔與細膩、他們的混沌與善良、他們的自欺與自我嫌惡、他們的祕密與尊嚴，他們的混吃等死的不得已……都被麗群發現並還原了。

三

很顯然的，黃麗群長於發現這些平凡人看似非理性卻又合情合理的主體與日常。又例如〈貓病〉寫一個在中年後獨自在都會分租套房寡居的停經婦女，偶然地撿到一隻流浪貓，貓兒懂事不找麻煩，她帶牠看獸醫，從貓的軟綿與獸醫對貓的關心下，她竟然重新喚起了對生活的溫暖、柔情與光亮的渴望。但是，為了維持這種重獲青春的善感與柔情，她開始「製造」貓的傷害，換句話說，就是以傷害貓兒為方法，來達到能夠去「看」獸醫（獲得一種溫暖）的目的。她對孤寡中年將老的婦女（在這篇小說中是五十一歲）的毫無發展的生命與人生的理解，不同於〈入夢者〉的宅男想像，某種程度上來說，麗群看出女性一旦深受現代性的啟蒙與刺激，其遭遇可能比男性更為殘酷與嚴厲：「一邊目睹自己生命中各種想像一盞一盞熄滅，一邊乾燥地慢慢結局。她只是不知道懷疑會成真，沒想到成真的部分比原先所懷疑更加下沉。」、「她曾經認為可以這樣殘而不廢地過下去，因為早就向命運遞上降表，……連一點冒犯的動念都沒有了，只希望對方不要主動來踐踏。」本來不再主動要活，卻被一隻貓撩起了重生的欲望，但主人公早已被長期無餘裕的算計與日常世俗生活磨損，又在毫無信念與希望的資本主義社會的底層生活下，發生出主體惡的變異，由此對比

的反而是那隻被她撿拾、自始至終都相信她的貓咪——既使被傷害（甚至是被處理到很自然地傷害）也仍全心相信她，這種人／女人的非人性化的惡念，就在這樣的反襯下更顯得尖銳與殘忍。

〈貞女如玉〉寫一個中年粗短身材的「忠厚老實」的女人，年輕時也曾苦練，但「苦練不肯成全她」，後來去當房仲，一路見識到其它男性在這一行的如魚得水，更理解中年後的女性的勢利：「女人與女人的勢利六親不認」。小說最後莫名奇妙地收在她在按摩間裡，大罵一個女按摩師，又在離去前看到一個女孩，混雜著對一己的不滿及對年輕女孩的嫉妒，非理性瞬間爆怒。她已被世俗社會的標準磨損太深，早已經失去所有心理上的承受力，只剩下露骨與俗，只能以主動傷害她者的方式來平衡自身了。

總的來說，麗群對於種種非理性和幽微處的心理掌握甚佳，但作者在最終體現了他們的異化後，對當中的非理性、不得已的自私自利，仍然於心亦不忍批判。這或許也跟她作為一個作家的姿態選擇有關——麗群恐怕不會願意與認為，自己能夠或應該承擔啟蒙者的角色，她比較像是主人公的朋友，基於對生命的善意與好奇，偶爾陪著、聆聽，說她是在相濡以沫，恐怕都太過嚴肅。當然我以為，麗群可以考慮再反思她在創作上的一些前提與假設。

四

赫爾曼・鮑辛格（Hermann Bausinger, 1926-）在《日常生活的啟蒙者》以對話體的學術傳記作為形式，關注我們活在各式日常生活的意義與困境。他說：「為什麼人們做一些他們平時對此根本不加思考卻強有力

地主宰了他們生活的事情，在提出問題的這瞬間，我已經處於歷史的軌道上。」這裡的關鍵是：那些看似不引人注意的日常，仍是一種歷史特定條件下的生產。從這樣的觀念來反省黃麗群的代表作，我們可以問的是：主人公們看似抗拒變化的守常，是否已經形成了一種新的歷史常態，同時，在日積月累下，它們之於台灣社會究竟意謂著什麼？

黃錦樹在〈內在的風景——從現代主義到內向世代〉（收入黃錦樹《論嘗試文》）中認為：「『我』的身分危機，其開端是性傾向（譬如同志，最著者如邱妙津），再則是作為人的存在的本體感的危機。這也是不斷深化的現代化、都市化招致的人的危機的延伸。七等生的偏執就已是先導。他是以自我的硬核來面對，或召喚無神時代的神。但有的人是憂鬱的迎向生命本身那無邊的黑暗，成為他人，或者回歸無生命狀態。」

當憂鬱、回歸無生命狀態慢慢形成了一種常態，當台灣新世紀以來的主體不斷擱置更大的價值與意義的可能，當生命中陷入不堪的弱勢者，最終只能唯心地選擇自我放逐及以虛為實的幻想。當他們的處境，明明是社會生產的結果，主人公的視野裡卻鮮少有社會，也難與社會及歷史進行聯繫……，人人都是孤獨者，人人只能在有限的範圍內，內向地對自己的人生進行逆襲／反抗，但這種逆襲／反抗，是否能如歷史上曾出現過的現代文學的荒謬與陰暗，終極地指向一個更大或更深的主體與未來？我十分欣賞黃麗群的才智與努力，也十分希望自己的悲觀能作用出一種再辯證的水滴。

【黃文倩，淡江大學中文系助理教授】

兩岸作品共讀：

今昔歷史間的人間現場

並非旁觀的見證
凝視蔡明德《人間現場》

施依吾

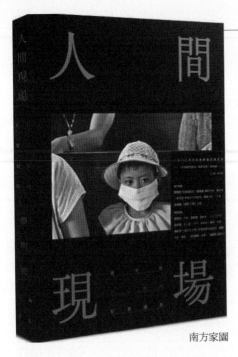

南方家園

對不少人來說，解嚴前的年代，很值得懷念：他們會說，那段時間多麼單純、簡單、治安好，沒有經濟蕭條、沒有政治惡鬥、不像現在，又亂、又悶。相較當下，那個年代，確實善良，但當年的美與善，其動機為惡，行為乃偽，這種由國家刻意操作的偽與惡，固然就結果而言，有其「美」「善」的一面；但那是透過高壓統治所換得。只是由於極權政治恰好伴隨著經濟起飛，於是後人選擇性遺忘，忘了當年的世界，其實沒有「我們記憶中」的那麼美——只是那些「不美」，被執政者刻意消音，被群體刻意遺忘，甚至或者，我們自己，也不願接受美麗島中有如此不美的形象。

那個年代終究留下了諸多「不美」與「不善」：除了政治高壓，還有嚴重的污染問題、礦災問題、垃圾問題、屠殺動物問題、雛妓問題、原住民殺人事件⋯⋯。當年的社會不是沒有對立與不公，只是這樣的聲音，被統治者噤聲壓抑。後人站在錯誤的基礎去凝視過往，建構了錯誤前提的懷舊，其實當年流行的所謂「純純的愛」，畢竟是「淨化歌曲」（自1949年至解嚴前，台灣政府透過取締、審查與查禁等方式，強制規定以「淨

化歌曲」抑制所謂靡靡之音，並藉此壓抑方言與在地文化）的人為高壓。

解嚴後，所謂的「亂」，只是本來以為遺忘的事，一件件浮上台面；那個年代「單純」是事實，但單純即是無知，如今民智已開，我們也不會回到戒嚴或「想像中更美好」的日治時代，蘋果已吞，就要承認伊甸園不過是個動物園，它的美好，來自人為的強力介入。

蔡明德《人間現場》，揭露的便是不美與不善，這是一本讓人讀來心驚肉跳的作品，如果人皆有不忍人之心，讀之當悲哭哀憫，雖然，絕大多數的照片，是不見血的。

內湖垃圾山的拾荒者

蔡明德先生的作品，不僅是攝影作品；若單從「攝影美學」的角度來看，目前網路上最容易找到的作品，是「國旗在垃圾山前飄揚」（蔡明德《人間現場》，頁30-31，以下僅註明頁碼），畢竟「代表國家的國旗」在「形同國恥的垃圾山」前飄揚，本身就諷刺意味十足。但若參考蔡先生的文字，則又會發現那張國旗照，其實尚不能見拾荒者之苦──影像終究說不盡內心世界。

為下層階級／勞動階級拍照的基本困難在於：被攝者所身處的情境，往往使其不易建構自身自信。面對鏡頭，與抗爭者們通常較願意面對媒體的情境不同，在「拾荒者」一系列照片中，大多數被攝者，有意識或無意識的未讓正臉出現在照片中。選集中只有「來自台東阿美族蔡太太背著三歲孩子拾荒」（頁37）的三歲小孩以略帶無神的眼神，看著鏡頭；「花蓮蟠龍刺青的更生人李先生」看著面前的碗（頁42），工寮中拾荒者酒敘閒聊（頁43）則是略帶晃動的低速快門──顯然拍攝者也不願以突兀的光源照亮每一張容顏，至於討生活的容顏們，更是專注於眼前「他人」的廢棄物，自己的當下人生，誰有閒暇面對攝影者？再說誰又願意讓自己的容顏，與如斯的背景，畫上連結？

這個系列照片，人物以背影與側面呈現居多（頁33、36、37、40、41、42、43、45），只有「來自阿美族的阿吉（頁39）」，是能見一分自信，或許是因為阿吉入行不久，也很快離開該處，尚未真切感受到其中的被歧視感有關。較諸其他單元，無論「海上旅館」或「客家小鎮」，同樣是勞動階層，本單元中側面／背面照片的比例確實偏高，或許唯一合理的解

釋，如同40頁吳姓婦人這句話：

「我姓吳（無），我沒有名字。」

即使同為勞動階級，相較漁工與農民，他們的自信與榮耀，似乎，畢竟，少了些。

人瘋神狂六合彩

傳統價值崩解後，「自由」的另一面，是毫無忌憚的貪婪，禮教與鬼神退位後，貧而無怨固然難，求富而有禮，難道容易嗎？

前面提到拾荒者，是「不願」入鏡；這個單元中的賭客，則是「無視」入鏡，從頁58-65的照片中，不難發現幾乎沒人關注「在環境中理當違」的攝影師（一般而言，拍攝群眾時，必然引起部分群眾注意，並對攝影師產生好奇，而呈現部分做作的肢體動作，如刻意的正經；但在這系列照片中，幾乎無此景象），被攝者在陌生人鏡頭前幾乎沒有不自然、不悅或羞報的神情，因為他們只沉醉在一件事：賭。

魚見餌而不見其鉤，人見利而不見其害，理當是引導人向善的神明，似乎也只能跟隨信徒墮落；在似當虔敬的貢桌上試探財神（頁60），在「浩然正氣」的匾

額下求神問利（頁61），在莊嚴的神聖空間中揣度神明指示（頁65）……。

神明無語，瘋的是人，正如鏡頭裡沒有清明的眼神，只有集體的、一致的、看著錢的方向。

即使神明可能從未對此，給出方向。

流浪的歌仔戲班（頁80-92）

在電子媒體佔據現代人心靈前，野台戲是最重要的民間娛樂，如同現代影視明星一般，戲子們，也擁有自己的粉絲；當年的粉絲也一如今日，天南地北，追逐偶像。

只是野台戲班的生活條件，畢竟遠遠不如今日偶像；野台人生的淡旺兩季完全配合農業節氣，淡季時，戲班人馬悠哉悠哉；一旦進入旺季，又當如何生活？

現代明星出門有經紀人安排活動，行程有保姆車接送；野台戲班卻形同遊牧民族，演出旺季，往往以家族為單位，無論老小，所有家當，全體出席，「五歲的純純，打從出娘胎就跟著媽媽四處漂泊（頁90-91）」，是這一行常態，粉墨登場，穿著戲服的文生武旦，在後台忙著照顧嬰兒是舞台人生的一部份（頁85），他們既是別人的明星，也有自己的明星，許

多戲班的小孩的第一次表演，就是自家劇團。無論這行業興盛或落寞，別人眼中的偶像，也還是有自己眼中的偶像（頁82-83）。然而無論在台前多麼光鮮亮麗，在後臺、在移動過程中、在真實的世界，所有天上的仙，朝廷的帝王將相，他們中就是他們自己，他們是緊緊依偎在一起的人父、人妻、人子（頁80-81）。

海上旅館

自由、民主、我們琅琅上口的自豪價值觀，對待「他人」時，是否也抱持如此一致的作為？

經濟好轉後，黃春明《看海的日子》那種打魚郎拼了命賺錢改善生活的劇情少了，勞動力市場逐年萎縮，自己人不用從事勞力工作的後果，是外勞的引進。同樣是「外勞」，我們對待同一膚色的外勞，與面對「歐美世界的外勞」，態度是否一致？

「非我族類，其心必異」，歧視無所不在，常見於那些為我們賣命的人；對於這些同膚色的「外國人」，我們不准他們靠港，不准他們上岸，生活起居，限制在港外破船上進行。差異只在當年楊逵「送報伕」，是台灣人做日本人的奴工；後來我們發達了，換其他國家外勞，成了我們的「送報伕」。

「海上旅館」系列照片（頁48-55），重點在「擠人」，每個畫面中，我們都驚訝於「這麼小的空間，怎會有這麼多人」？然後在這麼長的時間，這麼小的空間中，他們用什麼姿勢吃飯（頁53）？用怎樣的空間洗澡（頁54）？不工作的時候還能幹嘛（頁55）？這樣的環境，到底是工作，還是難民船（頁48-49）？

我們經常怨嘆於自己國家民族常受外侮的種種不公，但當我們稍有能力時，如果「我不欲人加諸我」，卻「己所不欲，施於人」，昨日的受害者複製了一樣的不公於今日的弱者身上，不是更大的諷刺嗎？

脫衣秀

「里仁為美」，脫衣秀卻是台灣里仁間，不仁且不美的現象。

脫衣秀的盛行，是台灣經濟起飛奇蹟中，舊秩序瓦解後，被壓抑的本能蠢動乘勢而起的集體非理性，它滿足群眾對集體偷窺的欲求，滿足對女體幻想的渴望，禮教束縛解除了；於是，酬神有脫衣秀，祭祖有脫衣秀，送葬有脫衣秀，婚禮有脫

衣秀（頁74-75），甚至標榜高階知識份子的競選場合，也有脫衣秀（頁77）……。

頂著「台大政治研究所碩士」的光環，「憲改工程師」的自我期許，世紀末士大夫的最佳助選員，卻是最原始暴露的的豐乳肥臀……。

士志於道，不能移風易俗，懇請賜票於裸身，自我妥協於流俗；若今日可以裸女換選票，如何期望他日能以不忍人之心，行不忍人之政？

照片中荒謬的組合，凸顯舊秩序瓦解後的迷失，此後消費肉體的行為當然並未消逝，只是更為氾濫的成為日常生活的一部份。如今「研究所高材生改革工程師」或許不再以下里巴人式的販賣肉體，更大的可能是：「肉」早已氾濫在我們日常生活中，連偷窺伴隨的害臊，都沒了呢！

阿美族礦工聚落（頁185）

一張照片公開後，誰都不知道後續的效應是什麼？最如常的結局，是風潮後為人所遺忘；也有可能如「屠虎記」一般，固然揭露了真相，也成就了國之惡名。通常我們認為，一張照片之所以重要，在它傳遞美感、揭露真相、或者呈現了美感的普遍性，或者凸顯了人性的殊異性……，其實我們似乎很少考慮到，「被攝者的親人」，是否需要這張照片？

這高度分工的年代，資本架構的社會中，絕大多數勞動者們，形同機械的螺釘，群體生產中，個性遭到抹滅，他們沒了「自己」。日後他們若欲回顧「自己當年的樣子」，家人若欲一睹「親屬生前之風姿」，在一個「去個人化」的集體勞動過程中，誰能有幸留下自己容顏？

對於作者而言，真正值得寬慰之事，或許是：這位人父、人夫、人子，因為這張照片，讓家屬得以見其親人，有所興懷。畢竟，絕大多數照片都僅能譁一時之眾取寵，爭一時之風雲，但有多少照片，能回饋當事者（及其親人）呢？

反五輕與新竹市水源里居民與李長榮化工的抗爭

台灣經濟奇蹟的代價，是各類工業污染。而被污染的土地，卻又是我們賴以生存的米倉，農地與工業毗鄰的畫面，其實屢見不鮮（頁274-275），農業輔導工業，工業剝削農業的下場是，無論是五輕附近的後勁居民或李長榮化工周遭聚落，自購桶裝水，反倒成為日常生活（頁277）。解嚴後環保成為重要議題，但抗議

者的身影竟然多是老弱婦孺（頁80-81），我們不難看出農業發展的困局：

動輒發生的火警說明「不定時炸彈」（頁288-289）並非杞人憂天，但長年惡臭與污染，是不爭事實。他們是最後一代的守護者，他們的身體，直接承受工業污染的衝擊；甚至他們可能也是最後一代老農，青年畢竟多半不回農村，當工業與農業一起走向衰頹，曾經發生過的一切或許如同這幅「夜黑」（頁282-283），走馬燈一場，盡為殘念。

「屠虎記」（頁68-73）

豹死留皮，虎死，留什麼？死有重於泰山，一隻老虎，又該怎麼死？

印象中，如果真要老虎死，或者是羅馬競技場的人虎較勁，或者是武松打虎的命懸一線；無論如何，百獸之王似乎合當有尊嚴死相。這一系列照片讓人感到憤怒處或許在於：就算真要處死一隻虎，該讓牠這麼沒尊嚴的結束一生，卻只為我們可以替代的私欲？

四肢與頭部都被倒吊在鐵籠中的老虎，已無反抗餘力。旁觀者的表情又如何？木然、無感、抽煙、冷眼、待價而沽（頁68-69）、然後一擁而上，好奇如何解

剖一隻虎（頁70）……。

死亡不是不能發生，但不該有點尊嚴嗎？虎死，留下的是惡名；雖然接下去事情的發展是，這幾張照片的被盜用與跨國散布，導致這個島，如同那隻虎一樣，也成了無力反抗的受害者。惡名倒是，重如泰山。

六張犁亂葬崗

萬物該當有其尊嚴，如果漁工不該被囚禁在海上，舞孃不該在毫無尊嚴的情境下暴露身體，如果老虎不該被倒吊捆成「大」字形慘遭割喉致死，讓「異議者」草草埋葬山頭，是對的嗎？

蘇珊・桑塔格《旁觀他人之痛苦》曾說：「我們有義務去觀看那些私刑圖片——如果我們隸屬於思想正確的一群。」何況這不是「私刑」，這是政府帶頭主導的國家暴力。

「六張犁亂葬崗」呈現的不是攝影美學、驚悚畫面也不是政治正確，照片中沒有枯瘠身影，也沒有堆疊的屍體，有的只是徒手（頁339）、或以最簡單的土工器具（頁341）挖掘的畫面。但真正觸動人心的作品，觸動之處，並不在黃金分割、姿態唯美、或晨昏色溫。真正的觸動，是人心

的共感。草叢中尋找親人，荒煙蔓草中，一鋤一鎬尋親、徒手撫摸甫出土的冰涼墓碑，在出土墓碑上插旗編號（頁347），這些政治犯在獄中，往往也就是個編號，怎奈連出土那一天，仍是個編號？

後記

對於我這年紀（1975年出生，台灣所謂的六年級生），閱讀這本攝影集，有諸多震撼：震撼之一，在於諸多內容，拍攝年代正好是「我」所耳聞，當時卻未曾受到影像衝擊的事件。震撼二，是這些事件的發生，對與我同年紀的人而言，都屬成長歷程中的大事件。震撼三，在書中所收錄的幾起事件，其實就發生在我的故里，甚至他們就發生在我家牆外（高雄煉油廠宿舍區，正門即面對五輕抗爭群眾）。我還記得早幾年，家母在社運新聞播報後，囑咐我：「到學校不要講政治，不要亂說話！」也還記得當五輕抗爭興起後，早已習慣黨國教育的同學，忿忿不平的說：「這麼亂！這就是解嚴的後果。」

本書中記錄的諸多事件，隨著時空背景轉換，已成為歷史殘跡。垃圾山已被綠地美化，礦災源枯竭，多已不在，動物權漸受重視，示威遊行成為常態，歌仔戲

班的重要性，也早已被影視娛樂取代，全民運動從「瘋賭」成為「瘋上網」、至於剝削原住民？不……，我們早已「進化」成剝削東南亞移工。表面上，當年的罪惡早已遠離，甚至因為低薪與苦悶，導致許多「那個年代」的人們，開始回憶起那個年代的美好單純，彷彿那些年，真是黃髮垂髫，雞犬相聞的烏托邦。

美好只是時過境遷、資訊封閉、與現實的不如意，一起扭曲而成的幻想。「那些年」沒那麼美，只是執政者的扭曲、封閉、與美化。所幸世間總有紀錄了真相的攝影作品，總會在我們沉浸於往日美好的幻想時，點醒我們：這些人的痛苦，並未遠去。

而或許亦正如桑塔格所言，我們需要被更多這樣的照片「攻擊」，唯有如此，才能讓「不忍人之心」持續提醒我們：如果沒有這些紀錄持續揭露事實，是否我們就誤以為那個時代就是「美」？就是「善」？當我們輕易美化過去，何嘗不是「麻木不仁」的開端？

【施依吾，輔仁大學中文系兼任助理教授，
自由人文攝影師】

活在珍貴的人間
漫談蔡明德《人間現場》

韓松剛

十九世紀最有邏輯的唯美主義者馬拉美說，世界上的一切事物的存在，都是為了在一本書裡終結。今天，一切事物的存在，都是為了在一張照片中終結。

——蘇珊・桑塔格

1985年1月12日，海子寫下〈活在珍貴的人間〉，四年之後的1989年，在山海關臥軌自殺。這「珍貴」的人間到底不能讓他留戀，這個骨子裡的悲觀主義者，最終在殘酷的現實面前選擇了一種最決絕的反抗方式。也是這一年，在隔海相望的台灣，《人間》雜誌創刊。在創辦了四十七期之後，這本曾在台灣社會、文化、傳播史上扮演過重要角色的雜誌宣告停刊，而這一年也是1989年。

1985和1989，這是中國歷史上十分重要的兩個時間節點，尤其是當這兩個節點在大陸和台灣之間發生著某種冥冥之中的暗合時，特別地多了一種耐人尋味的情感意蘊和歷史況味。1985年的海子，和1985年的《人間》雜誌的共時性存在，當然只是一種巧合，但更像一次歷史的弔詭。海子的死去代表了中國大陸詩歌理想主義的終結，如同《人間》的退場預示了一種平實、客觀、理性卻也兼具深度性和深入性的台灣精神的消失。一個是文字的重量，一個是照片的震撼，他們共同構成了上個世紀八〇年代中國的「人間」見證。

海子的詩歌是通過人間尋找未來，蔡明德的攝影則是通過人間抵達現場。對於海子來說，詩歌是他認識世界的一種方式，對於蔡明德來說，相機則是他表現世界的一個工具。透過它，蔡明德給自己周遭的事物一個存在的理由。

一

《人間現場》是蔡明德的第一本攝

影集，其中收錄的是他八〇年代上山下海、行走台灣、關懷弱勢的真實影像。這些照片幾乎都是他擔任《人間》雜誌攝影記者時拍攝的，在街頭巷尾，在風口浪尖，在歷史一瞬，他用影像記錄了一個時代的慘烈和滄桑。

這些影像當然不只是蔡明德一個人的拍攝靈感和生活體驗，它更代表了一代文化人的思想深刻和公共情懷。「《人間》所帶動的報導文學和報導攝影則如一道烈焰，燒向解嚴前後台灣社會問題的諸多禁區。有別於當時的主流媒體，它具備的結構性問題意識以及對底層故事的投入，震動並影響了許多人思索問題的方法。它所標識的影像書寫，則將攝影的公共性與批判性意義，大大地、集中火力地凸顯出來，成為台灣寫實攝影歷程中令人無法忽視的一段。」（李威儀〈人間的眼睛〉）我雖然也是一個攝影愛好者，但此刻我關心的顯然不是攝影本身的藝術問題。事實上，不管是在大陸還是台灣，八〇年代都是一個極具特殊意義的時間座標。此時，世界格局呈現多極發展，世界形勢雖然有所緩和，但矛盾複雜多變，整個世界仍然動盪不安。在中國大陸，「文革」剛剛結束，一切百廢待興；在台灣，當局逐漸放鬆了政治的「一元」控制，各種禁令紛紛解除，海峽兩岸的交流日益頻繁。蔡明德照相機下的八〇年代，正是台灣從工業文明向後工業文明，從傳統城鎮文明向城市化進程高速發展的現代都市文明過渡的艱難時期，黑暗、醜惡、不義、血腥、殘暴種種，紛至杳來。

一個時代痛苦轉型的承擔者往往是底層那些最為渺小和弱勢的群體，更無奈的是他們依然要用自己的方式構建起一個小世界的底線和尊嚴。人間慘烈，但要苟活。內湖垃圾山的拾荒者在這裡艱難地討生活，他們在殘酷的生存環境中維繫著一個人的基本需求和內在渴望；流浪四方的歌仔戲班子，在辛苦的走唱生涯中，目送著一個風光傳統的日漸萎靡和消亡；弱勢兒童那不可期的人生命運，在一個時代困苦發展的燭照中，給歷史烙下了無法抹去的深痛。諸如此類，還有很多很多，海上旅館中的艱難討海生活，脫衣秀中的悲愴人生和複雜人性，都是一個時代最為痛苦的人間烙印。

蔡明德當然不只關心底層，他更義無反顧地關心政治。礦工聚落的艱辛生活

和痛苦遭遇，當然不僅僅是個人的生命困境，而是一個社會的沉重傷痛，個人生命如何在制度的保障下更好地得以生存，在蔡明德一張張生動圖影的呈現下，有了不同的視角和意義。核反應廢料的危害當然遠不止於一時的生老病死，它更關涉到人類的未來，因此，關於核反應廢料的反抗運動，既是對生命的捍衛，也是對政府不作為行為的堅決抗爭。其他如挖墳事件、殺人事件、污染事件、罷工事件等等所牽涉的政治事宜，都是台灣政治史上不能忽略的大事，一個時代的社會動盪和政治困境，就是通過這樣一個個微小的歷史樣本得以清晰地再現。

但說到底，蔡明德最為關心的還是政治制度下一個個時代的犧牲品——人。在人世間辛苦獨行的蕭雲模與江美玉，渴盼的是相互慰安地走完人生後半程的美好；要讓命運低頭的蘇守千，在自己的斷臂生涯中挺起的是人的脊樑和尊嚴；還有立法院前自戕死諫的張志雄，為爭取殘障人權和福利，不惜以自我的生命為代價……這些讓人肅然起敬的平凡人物，他們是弱者，他們的名字可能為大多數人不記得、不關心，但是蔡明德用一張張並

不完美的照片為他們在這個時代的抗爭留下了最為珍貴的歷史瞬間。

二

毫無疑問，與八〇年代相比，攝影視域正成為當下一股更加強大的世界力量，影響並改變著我們的生活，甚至我們認識生活的方式，和觀看世界的習慣。它正在以毫不妥協的方式向我們揭示周遭世界的活生生的現實，向我們展示我們目之不及處的廣闊天地，哪怕僅僅是一些斷裂的碎片，但絲毫不影響它的價值和重要性。

我們的時代，正在變得「重影像而輕實在，重副本而輕原件，重表現而輕現實，重外表而輕本質」（費爾巴哈語），這預言般的判斷，實在是當下社會最為貼切的反照和折射。雖然在蘇珊・桑塔格看來，「任何照片集都是一次超現實主義蒙太奇的演練和超現實主義對歷史的簡略」（蘇珊・桑塔格：《論攝影》，黃燦然譯，上海譯文出版社2010年版，第117頁。下同，不再一一標注。），「照片製造的著迷，既令人想起死亡，也會使人感傷。照片把過去變成被溫柔地注目的物件，通過凝視過去時產生的籠統化的感染

力來擾亂道德分野和取消歷史判斷。」但事實上，我們對歷史的判斷和追尋，除了文字，很多時候都藉由影像來抵達那遙遠而神秘的歷史現場。因此，對於一個有創造力的攝影師來說，他應該能夠把他所拍攝物件的內容最大可能地釋放出來，並以此讓人們更好地認識過往的雲煙和周遭的世界。

「與畫作或詩作不會僅僅由於更古老而變得更好、更有吸引力不同，照片若是夠舊，就都會變得有趣和動人。不存在壞照片，這說法不完全錯──只存在不那麼有趣、不那麼重要、不那麼神秘的照片。」我不是一個專業的攝影研究者，照片好壞其實無從判斷，但是透過蔡明德的攝影照片，我們的確能夠有一種歷史的穿越感，他以這樣一種真實的方式建構起我們對1980年代獨特的歷史記憶，這些照片其實已經足夠舊，也足夠有趣和動人，它正在激起我們對那個艱難時代一種特殊的情愫，一種企圖正確打開那段記憶的衝動和力量，它也試圖賦予我們對那個不安時代的一種特殊的懷想，一種能夠給予未來啟示的思想斷章。

當然，我們也可以斷定，這種瞬間

捕捉的真實性，不管多麼意味深長或重要，它只能是我們片面理解那個時代的一個小小視窗，它註定是狹窄的、狹隘的，甚至是一種帶有某種功利和偏激的職業慣性。蔡明德以相機傳達真相，表現弱勢，但就影像自身來說，它又何嘗不是一種相對軟弱的工具呢？「關心社會的攝影師假設他們的作品可傳達某種穩定的意義，可以揭示真相。但這種意義是註定要流失的，部分原因是照片永遠是某種環境中的一個物件；即是說，不管該環境如何形成對該照片的臨時性──尤其是政治性──使用，該環境都將不可避免地被另一些環境所取代，而這另一些環境將導致原先那些使用的弱化和逐漸變得不相干。」蔡明德紀實攝影集下所涵蓋的歷史瞬間，是八〇年代一些看似可靠卻也支離破碎的人間片段，它未來的意義其實我們無法認知，但對於關心社會、關心民生、關心政治的蔡明德來說，這些照片所傳達的雖然是一種個人視域下的時代映射，但毫無疑問的，它代表了那個時代某個瞬間的真實和真相，這同樣十分重要。

蔡明德試圖用個人記憶建構起一個時代的公共演示。

三

蘇珊・桑塔格說，老一輩的攝影師把攝影說成是一種英雄式的全身貫注的努力，一種苦行式的磨練、一種神秘的接受態度——接受那個要求攝影師穿過未知的雲層去瞭解的世界。事實上，就攝影的目的來說，肯定五花八門，因此其所表現的內容也完全不同。美的、醜的，善的、惡的，快樂的、憂傷的，這個世界的所有人和物件都是攝影師取材的物件。「拍攝就是佔有被拍攝的東西。它意味著把你自己置於與世界的某種關係中，這是一種讓人覺得像知識，因而也像權力的關係」。

那麼，照片到底只是存在事物的證明，還是一個攝影師眼中的事物的證明，是對一個世界某一瞬間的真實記錄，還是對這個時代的一種個人評價。我們暫且不去管它。但在蔡明德的《人間現場》中，上述引文中所強調的知識和權力的關係表現得似乎並不明顯，至少表面看來不。相反，當我們透過這些照片去尋找那個時代的蹤跡時，似乎那些在歷史瞬間中定格的人和物，正通過時間的河流，緩緩逆轉，慢慢復活。一張張照片，像無聲的語言一樣，穿過歷史的迷障，在這個喧囂而雜亂的世界中讓我們靜心聆聽那個時代的喧囂和落寞。

語言，沉默。攝影也是一種語言，甚至是唯一一種不需要任何翻譯就都能讀懂的語言，它以沉默的形式存在。由此，即便相隔幾十年，我們依然能夠通過照片上的物件和人物，觸發我們一些共同的個人化體驗和公共性經驗。這是影像的魅力。

事實上，當我在閱讀蘇珊・桑塔格的《論攝影》一書時，還讀到了其中一段十分有意思的小說對話：

為什麼人們保存照片？

為什麼？天知道！這就像人們保存各種東西——廢品——垃圾、七零八碎。他們保留——就這麼回事。

在一定程度上我同意你的說法。有些人保存各種東西。有些人用完東西馬上就扔。這只是個性情問題罷了。但我現在說的，是特指照片。為什麼人們特別要保存照片？

我不是說過了嗎，那是因為他們不扔東西。要不就是因為照片提醒他們——

普瓦羅立即接過這話。

正是。提醒他們。那麼我們又要問——為什麼？為什麼一個女人保存一張她年輕時的照片？我看，第一個理由主要是虛榮。她曾是個漂亮的姑娘，她保存一張自己的照片，好提醒她，她曾是個漂亮姑娘。當鏡子告訴她洩氣的事情，那照片會鼓舞她。她也許會對一位朋友說：「這是我十八歲的樣子……，於是歎息……是不是這樣？」

是的——是的，說得一點不錯。

那麼，這就是第一個理由。虛榮。第二個。感情。

這是一回事嗎？

不，不，不完全是。因為這使你不僅要保存你自己的照片，而且要保存另一個人的……假如你已婚的女兒的一張照片——當然她還是一個小姑娘的時候，坐在壁爐前的地毯上，身上披著薄紗……對照片中的人來說，有時這是挺尷尬的，但母親們都喜歡這樣做。而子女們也常常保存母親的照片，尤其是，如果他們的母親很早就死了。「這是我母親年輕時的樣子」。

我開始領會你的意思了，普瓦羅。

可能還有第三個理由。不是虛榮，不是感情，不是愛——也許是恨——你說呢？

恨？

對，使復仇的欲望保持活力。有人傷害過你——你可能要保存一張照片來提醒自己，不是嗎？

——愛葛莎·克利斯蒂
〈麥金蒂太太之死〉

這雖是虛擬的對話，但卻真實地表達了照片作為一種記憶的存在價值。其實，無論是虛榮、情感還是復仇，都是在記憶的河流中尋找時間的烙印。就像我們能夠從蔡明德《人間現場》的一張張照片中，可以尋到八〇年代台灣的某種蛛絲馬跡一樣，我們不可能窺到全貌，那也是完全沒有必要的野心，我們只要在靜靜的河流中，傾聽那些無言的照片在向我們默默訴說著一段片面而真實的歷史，包羅萬象、五味雜陳，這就夠了。

當然，如果在這之上，每個人再加以更加美好的期許，也未嘗不可，就像《人間》發刊詞說的那樣：

我們盼望透過《人間》使彼此陌生的人，重新熱絡起來；

使彼此冷漠的生命，重新互相關懷；

使相互生疏的人重新建立彼此生活與情感的理解；

使塵封的心，能夠重新去相信、希望、愛與感動；

共同為了重新建造更適合人所居住的世界，

為了再造一個新的、優美的、崇高的精神文明，

和睦團結，熱情的生活。

這樣一份雜糅著熱烈和孤寂、現實和理想的人生召集令，實在有許多讓人為之動容之處，而此刻又不能不想到海子的〈活在珍貴的人間〉

　　　活在這珍貴的人間
　　　太陽強烈
　　　水波溫柔
　　　一層層白雲覆蓋著
　　　我
　　　踩在青草上
　　　感到自己是徹底乾淨的黑土地

　　　活在這珍貴的人間
　　　泥土高濺
　　　撲打面頰

　　　活在這珍貴的人間
　　　人類和植物一樣幸福
　　　愛情和雨水一樣幸福

可惜的是，這珍貴的人間雖然留下了他的詩歌和理想，但沒有留住海子。

同樣令人憂傷的是，《人間現場》也不可能抵擋住災難、貧窮和世人的冷漠、生疏，它只能記錄一種瞬間的真實、表達一份生存的熱情。因為就攝影本身來說，它只應該被當成一種沒有認知的認知形式，一個以智取勝的對抗工具，而不是正面進攻世界的方式。

活在這珍貴的人間。

【韓松剛，南京大學文學博士，
現任職於江蘇省作協辦公室】

未竟的遺憾

我讀《靜寂工人：碼頭的日與夜》

吳明宗

游擊文化

每回讀到與工人題材相關的書，總是感慨萬千，或許，那是因為書裡的工人讓我想起前些年逝世的父親。曾經，他也作為一名工人，服務於聯勤二○四廠，在那付出了他的青春歲月。因此，即便工作性質不見得相同，書中所描寫的勞動群像總是特別吸引著我，總希望能從中找到父親身上散發的勞工精神。抱持著這樣的心情，我讀了魏明毅的《靜寂工人：碼頭的日與夜》。

這本著作，可謂是作者魏明毅因緣巧合下萌生的成果。本著對人類苦痛經驗的同情，作者魏明毅一直以一種「暗忖著如果自己早先的生命，也曾有人願意如此誠摯且專注地對待，或許吃的苦也就不至於太多」（頁36）的想法從事心理諮商工作。然而，她卻發現，求援的人並未隨著自己工作量的增加而減少，這使她陷入了不安與困惑。於是，魏明毅決定置身於人

類學的訓練之中，並且選定以基隆做為田野調查的地點，試圖找出使生命決意走向死亡的的原因。然而，計畫趕不上變化，魏明毅的「自殺通報個案關懷計畫」在公部門受到阻擋。為此，不甘心的她加入了在田野調查時認識的朋友們的日常生活，卻意外地從這群朋友身上發現與自殺相關的線索。最後，歷時八個多月，魏明毅完成了她的調查並將其改寫為民族誌《靜寂工人：碼頭的日與夜》。

從書名來看，讀者可以清楚地知道，這是一本與碼頭工人有關的書。以此為中心，魏明毅進出碼頭、候工室、茶店仔、海岸、小吃店／攤、船艙、住家、貨櫃車⋯⋯等空間，希冀能探見與理解碼頭工人的生命世界。並且，隨著進入工人們的生活，魏明毅也接觸到他們生活中不可或缺的、同樣生活在這個港口的人、事、物。於是，攤商、茶店仔的阿姨仔、工人的家人們以及關於這個港口的歷史變化都被寫進了這本民族誌。是故，這不只是一本專寫基隆港碼頭工人的書，作者所勾勒出的，是由碼頭裝卸運輸所建立的產業線與生活圈，

這決定了基隆港的興起與沒落，同時也牽連著這條產業線上的所有人。

就魏明毅看來，在所有影響基隆港興衰的因素中，「新自由主義」的運作最為關鍵。1960年代末，「新自由主義」以其尋覓低廉物力的嗅覺找到了基隆港，因而將這座港口拉進了全球經濟市場的跨國供應鏈中。於是，大量湧入的貨櫃船為碼頭帶來了工作機會，而工作機會則為這座海港城帶來了慕名而來的工作人口，進而「二十四小時停靠的國際貨船，形塑了碼頭工人『以停泊貨船為核心』的日夜輪班工作型態。」（頁187）後來，儘管裝卸的迫切需求仍舊存在，工人們卻在1970年代後因機械逐漸取代人力而不再需要那樣費勁工作。結果，機械為工人獲得充足的空閒時間，再加上原先就已頗為可觀的收入，一個個「工人頭家」開始在碼頭出現。這時期的碼頭工人將自己投入更豐富的娛樂場域之中，而如何使自己「像個男人」成為以男性為主的港口工人當時所要面對的文化問題。不過，好景不常，到了「1990年代末，全球經濟市場的自由之

線，再次在世界地圖的他方嗅見更龐大的利潤，於是台灣在全球政經版圖上的位置上的位置改變，國際貨船駛離基隆港。」（頁193）在此情況下，與跨國供應鏈的掛斷改變了工人們自1970年代開始的生活模式，他們逐漸成為作者筆下「靜寂」的一群，而基隆港也成為清水嫂口中的「死港」。

由是，從「新自由主義」著眼，魏明毅為基隆港的興起與沒落提出了解釋，而我認為，她對於「新自由主義」的觀察，最主要建立在「（人力）成本更小化、企業利潤更大化」的邏輯上。因此，讀者可以看到，作者特意在開頭寫到自己與工人阿順一同到小食攤用餐的故事。當時，不到凌晨三點，相鄰的兩家攤子已經準備或開始營業。作者從阿順與其他朋友口中得知，原來這兩家店一開始都是早上六點左右開賣。但是，「幾年前開始，其中一家突然在某個清晨，提前在天色未亮時即擺好攤位，之後，兩家開張的時間就競相愈來愈早，而二十元乾麵的分量也愈給愈多。」（頁51）透過這個極具寓意的真實故事，魏明毅以最直接明瞭的方式為讀者展示了在「新自由主義」的邏輯下，人、事、物都陷入了「延長工時」與「削價競爭」的深淵的事實。為了維持一定的收入，攤商不得不以延長營業時間的方式爭取來客數，而加量不加價的舉措也是為了能在同行競爭中脫穎而出。在這個故事裡，我以為魏明毅為讀者揭示了兩件事。一方面，小食攤的經營方式實與基隆港之興衰存在著因果關係。亦即，隨著基隆港貨櫃量的下降，碼頭工人們的工作量與收入都減少了，因而他們在消費頻率與金額方面自不如前，這便影響到小食攤的營運。另方面，小食攤的經營模式也成為映照工人命運的鏡像。誠如作者批判的，政府在面對基隆港貨運量大幅減少的困境時，非但不能有意識的提出與「新自由主義」相抗衡的政策，反而順著其邏輯讓港口裝卸工作民營化，使資本家取代了工會在碼頭上的支配權，於是，工人的薪資與工時也被置入如同小食攤之間「削價競爭」的惡性循環之中。於是，魏明毅找到了與基隆自殺率居國內第一位與這群工人

們之間的連結：「表現上，基隆碼頭工人確實不再為『現代』所需，但更真切來說，他們恰巧只是在該時代先被接連、後被掛斷的對象，那是新自由主義『理性』所帶來的過程及必然結果。全球化的政經邏輯連同地方文化，深深掘出這群男性勞工的苦境，造就他們集體退無可退的位置。當地2000年代初連年居高不下的男性自殺率也許部分揭示出，面對全球政經體系、國家及地方文化公同搓揉出的社會變遷，決然離世成為這群碼頭工人所採取的沉默回應行動。」（頁208）

因此，透過追溯「新自由主義」在基隆港的運作，魏明毅帶領讀者走進了這個曾經無比繁榮如今卻顯暗淡的港口城市以及碼頭工人們的生命歷程。在其文字中，我能感受到魏明毅對這些碼頭上的勞動者們的同理與同情，而對於她對這群勞動者的關心與書中對「新自由主義」與政府相關政策的批判，我亦十分認同。然而，在我讀完這本書後，一種未竟的遺憾油然而生。其實，以一本民俗誌而言，魏明毅對工人們的觀察以及對全球經濟體制

與地方文化的結合都能看出她所投入的心力以及對此議題的關懷。不過，或許出自於對這本書的期待，我總覺得魏明毅能夠在這本書中與讀者探討更多的事，而不只是將其看到或觀察到的人、事、物向讀者展示而已。於是，我發現自己閱讀後的那股未竟的遺憾，因是源自於在閱讀此著後，除了對這些工人的命運發出喟嘆外，難道我們不能做些什麼？

可以看到，為了較「如實」地將自己在田調中所聽聞的紀錄加以呈現，魏明毅在書中盡可能地讓報導人自己說故事，然後再間或地穿插自己的觀察與思考。在全書中，魏明毅較全面地表達自己看法的部分應為第五章「他們是我們」，然而這部分較似這本書的總結，作者未於此展開更深入的討論。於是，魏明毅遂在這本書批判「新自由主義」，然而她只是將這群工人在「新自由主義」下「能動性」的喪失表現出來。亦即，這些工人的命運幾乎全交給進出碼頭的貨輪決定，當全球貿易網鏈眷顧港口時，他們沉浸由繁榮與地方文化共構的歡愉之中；當貨輪不再光顧之

際，他們瞬間成為被這個社會遺棄的邊緣人。在這個過程中，這些工人彷彿對自己的行為毫無決定權，成為不具備「能動性」的一群。我之所以指出這點，意不在否定這段已成歷史的事實，也不是說魏明毅的觀察有誤。相反的，我關心的是，作為一個觀察者，我們在看到這些工人的命運後，除了感嘆外，還能從他們身上得到哪些反思？因為，如果我們只停留在對這群工人的理解與同情而不去思索更多的可能性，恐怕很難改變現況，這些工人將繼續「靜寂」下去，而基隆也會真正成為「死港」。

那麼，從這本書我們還能展開那些思考呢？我以為至少可從對歷史的反思與對未來的展望兩方面一起思考。例如，魏明毅在書中清楚地批判了「新自由主義」對碼頭工人的殘忍，同時也對政府的「國際觀光」政策有微詞。然而，作者在書中卻未能將這兩者一並討論，這點就相當可惜。從歷史發展來看，台灣作為海島，仰賴外國貿易發展經濟似乎是不可避免的事，尤其在冷戰時期，在台灣各項建設尚

未發達之前，與日本及歐美各國的貿易支撐起島內的經濟。然而，過度仰賴外國貿易的後果是，這些國家利用經濟實力向台灣伸出了無形的手，左右了台灣社會發展。於是，就像黃春明在小說〈蘋果的滋味〉裡揭示的，無論好壞，以美國為首的資本主義世界「給」台灣的，台灣社會都要感激地收下。進而，「給」與「不給」成為控制台灣經濟的手，間接地也決定了台灣政府的態度，這或許才是政府長期以來臣服於「新自由主義」邏輯的主因。可是，從推動基隆港「國際觀光化」來看，台灣政府與社會似乎未能注意到這種過度依賴國外貿易的情形，還是一味地將希望寄託在外國。過去，人們仰賴貨櫃船來港，現在則期盼郵輪可以載來更多「國際友人」，試圖以此重振港口榮景，然而這種換湯不換藥的思考模式，終究無法根本解決台灣的經濟結構問題。

與此同時，若台灣一時無法解決同時也不可能拒絕對外國經濟的依賴，那麼我們又該如何提升自我的競爭力呢？書中所顯示的是，為了爭取貨櫃入港，削價競

爭已成為既定模式。然而，從魏明毅的文字也能看出她對此現象不表樂觀。那麼，除了盡快改造社會內部經濟結構外，我們還能從哪方面思考？我以為，魏明毅在書中事實上提供了一條思索的路徑，那便是我們要如何面對崛起的中國大陸？魏明毅在書中論及基隆港之所以被替代，除了因為運輸貨櫃化與裝卸機器化帶來的產業勞動型態轉變外，中國的經濟變革也是主因之一。在書中，她曾在一則註釋寫道：「普遍來說，工人們對於貨船不再進港的原因，大多是如此被告知或彼此推論猜想：貨櫃船愈來愈少，是因為中國港口的開放，國際貨櫃船轉向對岸，這島因為政治因素而無法與中國港口合作，以致失去了市場。」（頁151）然而，與其將中國大陸視為競爭對手，如何重新省視兩岸關係，從中建立互利共榮的貿易網絡，似乎更是刻不容緩的問題。

綜上所述，如何重新評估對外國貿易（尤其是歐美與日本）之間的關係，以及如何調整兩岸之間的交流都是台灣政府必須積極面對的問題，唯有如此，方能更進一步地對碼頭工人們的處境產生較正向的影響。

必須說，我上述的思考其實仍源自魏明毅在《靜寂工人：碼頭的日與夜》裡所提到的問題。對於魏明毅能觀察並呈現這些問題，我仍然十分肯定。然而，我更期盼作者能做一個不只是發現問題的人，同時也希望她能在呈現報導人的無能為力時，也為他們甚至是台灣社會注入一些希望。希望不會憑空出現，而需仰賴作者繼續引導讀者做更進一步的思考，一同思索可能的方案。當然，這些期許並不礙於《靜寂工人：碼頭的日與夜》的價值，讀者也可以將其視為我淪於苛求的一點意見，而這一切只是為了讓所謂的「研究」更具體地參與社會建構的過程，不再只是一種有距離的觀察。

【吳明宗，台灣師範大學台文系博士候選人】

骨頭吹著的只剩下冰冷海風
《靜寂工人：碼頭的日與夜》

李海英、周明全

怎樣理解這個世界？怎麼由己及人或由人及己？

我們說自己是「什麼樣」的人，指的是何種屬性上的屬於？職業？身分？群體？抑或是兼有？

通常，我們說自己是某種人時，首先暗指的是屬於某種群體。而群體，首先是具有共同的特徵，群體間成員有著彼此的互動，且所有成員之間有著一種可觀察到的某種有意義的「關係」，在此「關係」中，我與你，彼此映照，彼此相關。但我們說某類人，更習慣於將群體屬性單一化，律師，教師，醫生或碼頭工人，實際上談的是某種職業下人的職業身分。至於職業身分之下，人的情感、欲望、痛苦、喜樂、苦境等生命體驗卻常常被忽略，如果說這造成了人與人之間牢固的隔膜，使人對他人的感受全無體察以至於人

間成為冰冷的世界，是否有些誇大其辭了？（周作人的憂慮）

由職業身分來將自己歸類並沒有什麼不合適，只是當我們如此論說之際，要在職業之名之下衍生什麼樣的枝脈。首先，職業身分，必須由單個的個體一個個來完成，世界的運行方式就在每個具體的人的性格、職業訓練、性愛情欲、自我確定中得以展現，同樣，人的生死愛欲與夢想追求也在世界的運行方式中被形塑。這說明，要理解一種人（哪怕是職業之名之下的某種人），有必要從各種關聯中觀察其文化教養、喜惡傾向或生活方式，以及這些個性化特徵與其職業、時代、經濟、政治之間的關聯，進而，有必要匯聚眾多的類象來確認群體的性情氣質、倫理規範以及價值取向。換言之，要體悟並傳達那些可能觸及人類心中的本質性力量，有必

要尋找那些能在人們日常行為方式或意識中留下痕跡的蛛絲馬跡，將之還原為歷史中大大小小的事件與風向所往。是否可以因之而已，傑出的歷史學家、人類學家與文學家或社會學家等，要做的並非是描述宏大的歷史事件與時代因素，而是尋找發生於個人、群體或國家之間的關聯，比如，俄羅斯作家阿列克謝耶維奇的紀實作品或許，我們需要將「人」還原到其原本語境，方可查的些微真相。

《靜寂工人：碼頭工人的日與夜》是魏明毅由田野調查台灣基隆港的碼頭工人一部紀實性作品。她探究了新自由主義經濟與全球化下的二十世紀後半葉碼頭工人生活的轉變，涉及到基隆港碼頭工人的工作環境，自我認知，情感需求與家庭結構等諸多物質領域與精神領域，展現出一幅構建於人類基本經驗下的全景式時代畫卷。

二十世紀後半葉，台灣因恐懼於鎖島從而急於開放走向國際化，當時恰逢西方急於推行新自由主義經濟路線，基隆港因其地理位置的得天獨厚，於是就成為政府與國際化之間首當其衝的實驗田。1960年代，西方經濟發展的需要，已全面啟動全球化策略。明毅將這個時段中台灣當局要實驗的空間鎖定在貨運貿易的港口基隆。在此空間下世界發生了不可替代的不可逆轉的變遷。基隆的碼頭工人是一門新興行業，它是與那個時代互為因果相隨而是，工業發展，國家發展經濟所迫，世界壟斷運作的極權所需，大眾品味的培養，工業化，機械化，城市化……。這些新興與隨後的瓦解都是全球化或新自由主義經濟的傑作。而作為工人階級的碼頭工人卻在剛剛形成本群體相對穩定的生活方式之時，迅速地被拋離出局，成為一個自認為無甚專業技能，缺席於丈夫與父親角色，失卻個體情感依賴的失聲失語的一個群體。因此，在物質生活的「艱難─進步─削退」和政治成就的大刀闊斧之中，在道德戒律與物質壓力下，碼頭工人越來越擔憂自身的任何狀況：社會地位、道德規範、情感失落、家庭衝突……。這些矛盾，正是明毅檢視這類人群以及這個時代的獨特入手之處。

《靜寂工人》中，明毅從台灣基隆港地區自殺率居高不下的問題展開，思考政府與國際市場接軌帶給普通民眾的影響與衝擊，第一章寫當下，2009年田調期間，「清水嫂」，一個靠賣早點維持生計的碼頭工人妻子，對自己生活的描述，對返回到家庭失去行動能力的丈夫的態度，丈夫年輕時的輕浮浪蕩與今日坐在輪椅中的半痴呆，讓她很心滿意足。第二部分是少年輟學去碼頭打工，談及了經濟利益促動下人價值觀的日漸變化。第三部分，主要是再現碼頭工人的情感生活，一旦經濟寬裕他們就會「學壞」，但「學壞」的現象之下是他們對「伴兒」的強烈渴望，尋求理解，逐漸演變為一種風氣。第四部分是描述工人被割斷之後的多重失落：被安靜地驅逐出了原本的碼頭，成為孤身的工人，失去了伴兒和朋友，成為一個失格的父親。第五部分是反思如今的經濟模式和政府行為，在帶來貌似繁榮巨大的經濟效益之時，給具體的活生生的人究竟帶來了什麼。

明毅展現了新經濟模式帶來的工人的生活方式的轉變甚至最會歸於死寂或陷落，在大量的調查，採訪與反思之後，作者堅持認為自己是在和極權對抗。「國家機器把防務和擴張的經濟、政治需要強加在勞動時間和自由時間之上，強加在物質文化和精神文化行。當代工業社會，由於其組織技術基礎的方式，勢必成為極權主義。」因為，「極權主義」不僅是社會的一種恐怖的政治寫作，而且也是一種非恐怖的經濟技術寫作，後者通過既得利益對各種需要的操縱發生作用。當代工業社會由此而阻止了有效反對整體的局面出現。不僅某種形式的政府或黨派統治會造成極權主義，就是某些特定的生產與分配也會造成極權主義，儘管後者很可能與黨派、報紙的「多元論」以及「對等權力牽制」等等相一致。（馬庫塞《單向度的人》）

現在，我們看到的是空間緊密地和生產聯繫在一起，和政治聯繫在一起，空間是資本主義條件下社會關係的主要一環，「今天，統治階級把空間當成了一種工具來使用，用作實現多個目標的工具：分散工人階級，把他們重新分配到指定的

地點,組織各種各樣的流動,讓這些流動服從制度規章,讓空間服從權利,控制空間,通過技術管理整個社會,使其容納資本主義生產關係。」(列斐伏爾《空間與政治》)經濟與政治的需要最後總會擴散到文化領域之中,經濟模式或技術發展,改變的不僅是生活方式,可能連思維方式都會被改變。

在經濟變革的運轉中,人的性格、職業道德與自我身分的認同會成為一個極為矛盾的混合物,二十世紀後半葉時期的工人階級是一個極為特殊的存在。此時期的他們既不同於工業社會時期的那種程度劇烈的被侮辱與被傷害的底層地位,也不同於今天礦廠企業中享有相對自由和保障的狀況。二十世紀後半葉西方國家的工人階層已逐步取得與其他階層相對平等的各項公民權利。但經濟尚需大力發展地區,工人階級歷經了跌宕起伏的人生命運,毫無疑問,技術進步必將把勞動者從繁重的捆綁式的生產活動中解放出來,(不僅僅是碼頭工人),更好的經濟收入與更多的自由時間,必然會形塑工人的生活方式與情感取向。

為了真實觸及台灣碼頭工人生活的基本狀態,明毅用了一種人類學家與歷史學家、社會學家們廣泛使用的學術技巧——調查研究,她曾深入走訪基隆的碼頭工人一年,與眾多的工人一起吃喝行,既分析因工業化機械化的改善帶來的工人工作狀況與空餘時間的增多而形成的生活方式與情感方式,也描述他們對自己身分的看法與努力想達到的認同。此外,明毅文筆極為流暢,她甚至動用了小說家講述故事的技巧,有意地將人物採訪與背景描述穿插在一起,再把自己的觀點植入到對工人行為與心理的評價中。

明毅在其調查中發現,1960年代末與1970年代,因為通訊聯絡的不便利與商品貿易的程度,碼頭工人的勞動所得、勞動時間與自由時間根本不由自己決定,他們必須將自己的絕大部分時間緊緊拴在碼頭,等候班長的來貨通知。

1980年代,機械設備的輔助之下,工作變得輕鬆,於是出現了工人雇傭工人或兩人結伴輪值的新型工作方式,豐厚的

收入與豐裕的自由時間，工人們開始養成了新型的生活方式，喝酒、喝茶、唱歌、聊天，促動了繁榮的阿姨仔與茶店仔以及各種飯館和小型娛樂場所，他們開始在意自己的身分和他者的評價，將自己有或沒有家外女友（女伴）視為自己是否是「能人」的標誌，從而形成了普遍的情感方式與家庭關係，如果家內妻子干涉，如果女友要求進一步的身分，原本的家庭結構就可能動搖，如果處理不好甚至還會迫使某一方選擇自殺。高收入與低強度的勞動又帶動了當地人的價值取向，十幾歲的男孩子輟學打工成為當時的潮流。此階段工人的生活與社會關係是最豐富的時刻，但他們的人際關係、情感關係、職業關係看似平凡無特點，但是大眾對其理解和認知與實際情況大相徑庭。

1990年代，市場的重組與調整，一部分年老的工人被退休，一部分年輕的工人重新就業於新崗位，但數以千計的退休不可、重新就業也不可的工人，從原本豐富的社會關係生活與關係網絡中被撕扯了下來，墜入完全不同的世界之中，失去工作或收入銳減，意味著必須調整自己的所有方面：情感關係中必須切斷一方，和女友分手回歸家庭者，發現因自己多年在家庭中的缺席遭到兒女的冷漠以對；原本的休閒方式是釣魚，現在因為市政對公共休閒場所的重新規劃並提出了新的休閒理念，他們再也不能在曾經釣魚的地方釣魚了，原本屬於他們的休閒空間已經在公共的名義下被剝奪……。與此同時，周邊的各種小商小販，茶店仔，阿姨仔，商業空間，居住空間，經營內容等都隨之發生變化。

這是一個新的空間，在其中基隆港不僅僅是社會關係演變的靜止的「容器」或「平臺」，而是一部以區域國家作為社會生活基本「容器」的歷史，重組後的空間成為全球化進程中的一個核心問題，一個現代經濟的規劃常態。明毅從微觀的、個人化的，甚至幽閉的材料入手，重構出一個時代的變遷、一代人的生活困境與精神衝突，將一些事實如實呈現，同時反省歷史事件的運行方式，也讓我們擴充了一些感同身受地體察他人的可能性。

【李海英，文學博士，雲南大學文學院講師；
周明全，《大家》雜誌主編】

大麵羹的滋味

閱讀《台灣人在眷村：我的爸爸是老芋仔》

侯如綺

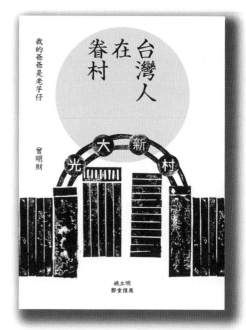

允晨文化

一

　　台中市有一種獨特的麵食叫做大麵羹，乃是昔日農村經濟狀況不佳，農家為了吃頓粗飽好勞動所發明的獨到食物。大麵羹的麵條粗粗胖胖，是因為將黃麵條加了鹼粉，煮麵時再加入菜脯韭菜，增加飽食感。濃稠的麵條羹其貌不揚，但口味相當特殊。吃的時候覺得味道鹹鹹甜甜，稱不上特別好吃，奇怪的是，吃了之後日後便會懷念起它的滋味。

　　曾明財的台中眷村童年大概也是如此，窮苦但又甘甜。遍布全台的眷村，已經被作家或是其他素人寫作者寫作了很多次，一樣作為眷村人的曾明財的眷村經驗，和其他眷村人也或許沒有非常大的差異，不過其中卻有一絕大差別：他並非是大家一般所認知的眷村「外省人」，而是完全是一位眷村「本省人」。

　　為什麼本省人家庭會住在眷村？曾明財在書中將他的庶民敘述與大時代的歷史結合在一起，自父親曾金海在日軍修理廠工作，一路追溯到戰後國民黨接收，到1977年飛機製造廠更名為空軍第二後勤指揮部（二指部）。曾家1949年入住空軍光大新村，1989年眷舍漸進拆除，他們一家也在八〇年代搬離眷村。本省人住在空軍眷村中，曾家不是特例，有近四百位在機場任職，來自各縣市的本省人，分配

在「模範新村」、「邱厝新村」和「光大新村」三眷區。

本省人家庭居住在眷村，打破了我們對於眷村人的刻板認知。他的父親也因為長期眷村生活的浸染，外表與言行氣質更近於外省人，而被曾明財戲稱為是「台灣人老芋仔」。但實際上，其實就是道地「本省人」，或是眷村中所稱「台灣人」。

台灣社會中稱「老芋仔」乃是臺語發音，是對1949來台外省人的獨特稱呼，和稱台灣人為「番薯」的意思相對。「老芋仔」是非正式、俚俗的用法，甚至帶點些微輕蔑的意思。但是很顯然，曾明財這裡的用法褪去了貶義，甚至對這樣「混搭」說法有些自豪，流露出對於昔日生活經驗的珍惜。

台灣自去年的總統大選已經歷第三次政黨輪替，從李登輝、陳水扁到馬英九、蔡英文，台灣曾經經歷在選舉中做族群動員爭取選票，這樣子風風火火的時刻，過程中無疑也擴大了本省與外省族群間的問題。然到2008年，第二次政黨輪替，馬英九總統在第十二屆就職的演講辭中已經這麼說：「英九雖然不是在台灣出生，但台灣是我成長的故鄉，是我親人埋骨的所在。我尤其感念台灣社會對我這樣一個戰後新移民的包容之義、栽培之恩與

擁抱之情。」儘管在選舉中族群問題屢屢被動員，然而，台灣內部仍以相互包容的情懷接納彼此，可以覺察出台灣社會在族群議題上的集體氛圍。

2014年11月，本省籍的柯文哲當選台北市市長，擔任柯文哲競選總幹事的前立法委員姚立明居功厥偉。外省籍的姚立明在《台灣人在眷村》的推薦序中，引用自己在選舉時所說「我們也許會有不同的過去，但是我們一定會有相同的未來」，詮釋曾明財《台灣人在眷村》的撰寫，認為「明財兄讓大家看到彼此不同的過去，目的應該也是希望我們會有相同的未來」。曾明財在自序中自言《台灣人在眷村》一書原來自部落格文章成形，是十年前作者開始回憶眷村生活點滴所寫，透過文字讓兒時居住，現已拆除的眷村「光大新村」重現；其成書以及出版的時空，正也是台灣在族群議題上追求寬容與接納的階段。

二

本書在基調上是懷舊的，今日多所爭議的眷村居住正義以及公教人員福利等相關問題，諸如眷村產權、戰士授田證、終身俸、生活補給等等，作者沒有深入加以評論，也沒有全然迴避，大部分還是客

觀的呈現生活樣態。《台灣人在眷村》在結構上分為四章，第一章「眷村的一家人」主要是寫父親，尤其是父親與水湳機場的歷史。第二章「眷村眾生相」記鄰居，眷區中的台灣人家庭不多，因和本省鄰居的往來比較頻繁，仍記下不少台灣人鄰居事蹟。第三章「眷村的玩伴們」和第四章「眷村的小日子」則寫眷村少年玩耍、求學和眷村的生活與互動。對於眷村中因為語言差異或其他因素造成的族群衝突，作者雖未抹去，也不強調，且在兩照之間的文化差異，作者亦無意去擴大。

例如〈老媽的眷村恩怨〉中寫到老媽十九歲嫁給老爸，進入眷村，不會講國語，被鄰居欺負，「只記得老爸曾為此和對面或隔壁吵架，還激動的要拿菜刀出去」（頁36），但是也因為年紀還小，記錄只僅於此。或者在〈六個好鄰居〉裡面寫出王家老大自認有外省人優越感，以不屑的語氣指著我家是「台灣人！」（頁70）這些眷村之中相處的齟齬只在書中偶然出現，實際上這些都比不上更多溫暖的鄰居長輩，或是稱兄道弟的玩伴們。

相對的，書中敘述曾父經歷日本殖民的時代，甚至因為嚮往當飛行員而報考神風特攻隊未果，1944年父親轉而在日軍航空修理廠受訓工作，習得鉗工和敲榔頭技術，戰後在軍中任職，而其他的本省人眷村家庭也同有「日本經驗」。反觀作者對眷村裡外省第一代的歷史經驗，如對日抗戰與流亡經驗則幾乎未曾提及，更不用說外省族群中常見的仇日情緒。而這些沒有說出來的，和曾父的日本經驗兩相對照，則隱然的提示了眷村內仍存在著完全不一樣的歷史背景與認識，更增加了眷村內的異質性。不過如此具有差異文化經驗的雙方沒有被作者特別強調，作者敘述的重點更著力於他自身出發所經驗到的眷村人事物，我們可見本書乃是立基於追求和諧與友愛的台灣內部氛圍中。

八〇年代蘇偉貞寫《有緣千里》，最末小說人物成長後離開眷村，長大了的他們聚會在一起時仍舊瘋言瘋語的說以後孩子要生在一塊兒再續前緣，捨不得搬遷之後各奔天涯，緣滅情散。又或是九〇年代朱天心〈想我眷村的兄弟們〉說當她搬離了眷村，如「河入大海似的頓時失卻了與原水族間各種形式的辨識與聯繫」，以至於她唱起反戰歌曲Where have all the flowers gone時，無限懷念的感嘆疑惑「所有的眷村男孩都哪裡去了？」對於那些消失的花兒心心念念。

曾明財的《台灣人在眷村》同樣表現了對眷村人事物的憶念，眷村相關的食

衣住行、居住環境、兒時玩伴、鄰居長輩等等，都是他心中隨著時空漸逝的「那些花兒」。他鉅細靡遺地寫下許多眷村生活的片段：一起在文康室看影集、在二村廣場看電影、拿著「眷屬補給證」掛號排隊的空軍醫院診所、隨著紅葉少棒熱，拿著報紙作的手套接小軟球、早期在眷村洗澡的大工程、勞軍票電影趕場、偷電被抓、擾人的麻將聲、危險的少年玩物「地雷」、拿著補給證等待軍方大卡車運來的米糧、每到上班時間兩百多位穿著軍服的「老芋仔」們等候軍用卡車上班的光景等等，讓讀者驚訝於作者的記憶之好之密。

他寫出的不只是空間的懷舊，也是時代的記錄。我們看到在忠黨愛國的年代裡，國中畢業去從軍報國的眷村同學是需要歡送的，他們上台接受鼓掌與表揚儀式，甚至會和學生代表到校門口合影留念；又或者是眷村在選舉時的熱烈景況是吳伯伯會「拿一張藤椅和打狗棒，負責在大門口守夜，防止外面候選人進來拉票」（頁278）；還是在1977年選舉時，因為有黨外人士參選，國民黨面臨前所未有的挑戰，於是軍方要求眷村「要一個監視一個不得跑票。每人蓋完投票章出來，還要高高舉起選票，假裝用嘴吹幾口氣讓印泥早點乾，以便後者確定他投給黨指定候選

人」（頁279）。這些戒嚴時期黨國機器進入眷區影響民主選舉的景況以及單一化的價值信念，都在作者直白的筆下被剪影下來，讓人感嘆眷村飽受意識形態操作的情況與眷區居民與黨國政治難分難捨的關係。

三

不過同寫眷村，《台灣人在眷村》還是相異於前期以眷村為重要題材的眷村小說。這不只是散文和小說的文類差異而已，還在於作者因族群位置差異而造成的思考面向不同。

或正如曾明財提到的：「我家與外省人鄰居不同的是，大年初二或重要民間節慶，爸媽會帶著孩子搭火車回新竹」（頁16）對照朱天心九〇年代的眷村小說代表作〈想我眷村的兄弟們〉所說的外／本省人差異，早期眷村的外省人居民離亂來台沒有親戚族人，清明節時亦「無墳可上」，使得他們不同於本省人，對台灣沒有故鄉般的長居久安之感。曾明財同時也觀察：「外省人鄰居除了篤性天主教，多數人家很少持香，更不曾參加廟會或到土地公廟拜拜」（頁272）這原因我們大概也可以粗淺的理解，因為地方神祇往往反映了當地人的願望，具有當地特質，故有很

強的本土性，短期內無法進入移居者生活，或是在祭祀活動中接納移居者。而這些都指標性的表現出，即使曾明財與其他外省子弟一樣同住眷村，但曾明財和他的外省人鄰居們對眷村外世界的接受度還是有所差異。曾明財藉由他們的父親母親能與台灣本土社會產生聯繫性關係，但在內向且封閉單純的眷村長大的外省眷村子弟顯然就較困難。

所以，和其他大部分眷村人所寫的文學作品相較起來，《台灣人在眷村》雖一路寫到眷村拆除之後，但沒有出了眷村而感世界驟變的強烈失落感，同時在書中也沒有特別以整體情感的團結濃密作為精神象徵或價值號召。除了時至新世紀，眷村已然拆除，時間越走越遠，在《台灣人在眷村》中那種道別的感傷漸淡，更關鍵的是在於他們的族群身分差異，使得他們的情感面向有所差異。

九〇年代張啟疆《消失的□□》中〈消失的球〉寫紅葉少棒旋風下眷村孩子的瘋棒球，眷村棒球男孩昔日神采飛揚，長大後背負著父輩孤臣孽子的生活重壓，出了社會到了外面處處顯得格格不入而自我放逐，最後在面對昔日球場對決的本省人子弟成為上司後，走向憤恨悲感與逃避傷懷。對位曾明財的〈夏同學〉，這篇文章簡直是〈消失的球〉中主角換成本省人的青春少年版，但全然脫去了那些孤絕和焦慮感。國中時和曾明財在考場上較勁的夏，也在操場上玩「軟球」遊戲競賽。兩方分組，一方由台灣人同學組成，一方是由夏領軍的眷村外省孩子組成。後來輸方惱羞成怒，推倒瘦弱的同學，為了「維護正義」的曾明財因此熱血的和夏大打出手。兩人交惡後自無互動，數十年過去，曾明財再也聯絡不到這位曾與他亦敵亦友的外省同學。相較之下，〈夏同學〉純然是憶舊散文。夏優秀聰明，個性冷漠，自掃門前雪，根據散文中的敘述，我們當然無法得知夏的性格如何養成，不知道夏的心理究竟是何種景觀，而那也不是作者敘述的主旨；1991年同樣是在眷村中成長的張啟疆發表小說〈消失的球〉，張啟疆以文喻志，主題上挑明了眷村凋零後外省第二代的失落感與省籍差異，兩者相較更可得知不同的族群角色同樣在書寫眷村時的所可能帶有的情感差異。

如前所述，曾明財雖然不像許多眷村小說家般著墨眷村人進入台灣本土社會後的精神困境，但眷村人事物必然的構成了眷村人的感覺結構，進入生命重要的記憶倉庫。本書的〈電影院風波〉提到父親因為有急事要進戲院找人，結果和女收票

員發生爭執，手臂被指甲刮出長長傷痕，鄰居們知道曾父被欺負，同仇敵愾的一同往戲院討回公道，鬧到多戶眷村大小前來抗議支援，聲勢浩大；或者是因軍方支援一齣歷史古裝劇，眷村太太們，包括作者母親和其他太太們都一起動員成為臨時演員，電影殺青後在二村放映，而回想起來，當初應是扮演一大堆路人和難民。等等這些可愛的集體回憶，都成為了作者的成長養分和情感來源。

也因此，本書末章即使讓我們看到曾明財成長之後因為接觸黨外而啟蒙，甚至被情治人員登門拜訪，表露他對於黨國的統治方式和社會風氣有強烈的懷疑和檢討，不過卻也因為人與人間長久相處了有了情感、恩情，往往很難以尺度量、衡刻或是批評，因此書中的整體敘述還是溫暖多而不忍批判的。

尤其在解嚴之後屢屢被強烈批判的說國語政策。〈我們這一班〉中提到校方積極推行講國語運動，講方言要被罰錢。曾明財因為說方言被蔡老師公開的挨了兩個響亮耳光（頁151），對他心理產生十多年的影響，可是他仍感謝老師教育的恩情，畢業後還會再和老師見面，行文中對蔡老師並無責備言詞。又像是敘述教學認真的曾老師，將有參加課後補習的同學座位安排在教室中間兩排，全班有八十餘人，這很明顯的是補習下的差別待遇，成長後的曾明財重寫這段往事當然不無批評之意，但是在文字上亦無指責這樣的不公平，而只是寫下自己「因為坐在一位不漂亮的眷村女孩旁心裡很嘔。」（頁154）。透過這些，我們除了能讀到一位性格開朗、熱情的作者外，也從這些沒說出來的話，讀到了一位性格厚道、惜情重情的作者。

我們看著少年曾明財走過五權路、大雅路、西屯路、原子街、中正路、中華路、成功路、英士路、英才路、篤行路……這些台中市北區的道路，那時縣市還沒合併、台中火車站商業區還沒沒落，眷村也還沒有拆除。眷村裡頭人們各有故事，從第一代到第二代：不知為何少一隻手的萬金寶伯伯、會在家製作各式寶劍的余伯伯、無故上吊的俄羅斯太太、憤怒狂飆的太保小老虎、吸膠的底迪和左撇子老三……。此外，還有曾明財自己。曾明財一家是本省人，同樣也坐上了這一連串眷村生命故事的列車。透過曾明財坦率的文字，我們覺得他既可愛又可親，回憶有滋有味，讓人想念，既甜又鹹，一如台中獨樹一格的大麵羹味道。

【侯如綺，淡江大學中文系助理教授】

「有情」的眷村生活史

曾明財《台灣人在眷村：我的爸爸是老芋仔》讀札

楊輝

一

相較於既往眷村敘事潛在的「論辯」（基於不同目的的意義「重構」）性質，曾明財的《台灣人在眷村：我的爸爸是老芋仔》（以下簡稱《台灣人在眷村》）卻起念於一個較為素樸的目的：「因著時代產生的傳統眷村，在台灣經歷了五十餘年時光，今日歷經著老凋零、眷村改建等因素，已逐漸消逝。講到眷村，一般人往往直接聯想到其所被賦予著的外省族群，竹籬笆內的生活文化與記憶，到底有何特殊？不少住過眷村的人時時回味，未曾參與的年輕一輩也懷抱好奇之心。」「眷村，是台灣歷史中不可或缺的一段。」（《台灣人在眷村》，頁5，以下僅註明頁碼）與它有關的人事記憶，也因與1940年代迄今之大歷史頗多勾連而呈現出較為複雜的面向。遭逢歷史滄桑巨變，每個人物的故事都是構成歷史敘述的重要部分。而作者也期望藉由這一部書的寫作，記錄下其「所見台中的眷村以及屬於眷村的獨特生活時光。」作者四十年眷村生活的記憶，雖未見時代的波瀾，所述也多是卑微小人物。但他筆下的故事，「卻屬於那時代最真實的見證」（頁6）。

歷史流轉中個人命運的起廢沉浮，仍為作者眷村敘述的核心。時間延伸至日據時期，其父因偶然機緣成為航空修理廠工員，並於此習得一絲不苟之「日本精神」，後又成為國民黨阿兵哥，入住眷村。這一段獨特的經歷，使得曾明財關於第一代眷村人的敘述並無「外省人」眷村敘述慣有的「離散」感和鄉愁想像背後的錐心之痛。那些彌散於後一類作品中的悲情，恰成曾明財所述台灣人眷村經驗之精神參照。雖無「外省人」內心之歷史重負，卻分有和他們共同的在地經驗。而在眷村複雜之關係中如何處理「本省人」與「外省人」的關係，或為其父輩多年間所要面對的重要問題。其母的「眷村恩怨」，多半亦因前項矛盾而起。此一問

題，並非自然產生，乃是「外在」力量使然。而居住條件的簡陋，人心的隔膜，鄰里之間難免齟齬，但多年之後回憶起來，仍還是溫暖的居多。期間甘苦喜樂，亦轉化為美好的回憶時時縈繞於心，教人難忘。多年以後，遷出眷村，但「老媽最懷念還是近四十年的眷村生活，有甘有苦，有喜有樂，所有美好或痛苦的記憶，都是在眷村發生。」（頁40）時間的流逝早已褪盡了「怨氣」，眷村已經融入他們的生命。而那些曾經活在眷村的人們也在作者的記憶中依次出現，渴望有人講述他們的故事。

於是，台灣新竹少年個人的生命故事最終融入時代的歷史經驗之中，並因共同的居住地「眷村」的存在而展開了全然不同的生活。這生活中既有鄰里之間頗多出現的日常糾紛，來自不同省份背負不同命運的人們之間的小小矛盾，其背後亦不可避免地勾連著極為複雜的政治現實。他們如一葉葉浮萍，隨著大時代的風浪顛簸飄蕩不已。他們和他們後輩的生命故事，也就成為這一部書中最為感人的一頁。我們也因此可以瞭解，那個年代和那些曾經

鮮活的生命，曾經有過的種種艱辛、持久的感傷和被一再延宕的「希望」及其覆滅而又「重生」的過程，並藉此反思它們之於現實及未來的深遠意義。

二

意圖深入理解《台灣人在眷村》中「不一樣的」眷村故事，「外省人」在眷村的敘述仍屬不可或缺的重要參照。在張耀升《眷村記憶》（台灣版名為《告別的年代：再見！左營眷村！》）中，十個眷村人的人生故事被編織入半屏山、左營眷村、永清國小、明德國小、果貿社區、建業新村、崇實新村等等明確標識地理方位的「眷村」版圖之中，偶或，眷村的子女也會遠赴綠島，書中敘述展開的空間，也因此有了眷村之外的「他方」。由此構成的「空間」，容納著眷村人的生命故事。亦表徵眷村人的故事，並不局限於眷村，而是屬於台灣甚或更為廣闊的「世界」。從父親偷讀家信時雙手顫抖涕淚縱橫悲不自勝之景象中，徐譽庭對鄉愁乃有最為真切之體味；青年時飽嘗顛沛流離之苦，心性因之大變的李靜君的父親終也將自身生

命的苦難轉化為愛，教子女更深一層地理解人性與生命，從而有藝術的精進；而從數十年的眷村生活經驗中，吉廣與則了悟可以「無我」來指認「眷村精神」。那些因共同的歷史原因聚集於眷村的人們，無論來自何方，籍貫為何，都被迫背負著共同的命運。而「無我」乃化解分歧之必要方式，借助佛家的觀念，吉廣與認為，「無我」是沒有「小我」，「你、我本一家，沒有『我執』就能無我，無我之後才能敞開心胸關懷彼此。」（頁159）一如瑪律克斯所言，孤獨的反義詞是團結。需要一種友愛的政治學，以破除「我執」，化解「悲情意識」以及由此產生之「怨恨的政治學」，從而構建不同族群之間的「共在」狀態。因為，就其根本而言，所謂的「區隔」，也不過是話語的製造物，並非沒有重述的可能。無論軍人之間的袍澤關係，還是鄰里之間的關愛與互助，均足以化解種種所謂之「區隔」，因為，在個人生命實感經驗的意義上，「眷村不是一個智慧的地方，而是一個感情的地方。」（頁49）

而從水湳機場到空軍光大新村，從

巫乾龍歐利桑、蕭再生歐利桑、單身的徐伯伯、薄氏三兄妹到叛逆的阿達、吸膠的底迪、金波兄妹和羅指南老師，再到眷村理髮師、診所女孩、計伯伯的電業行，後來不知所終的纏足的老婆婆、失去聯繫的夏同學等等構成光大新村的眾生相。他們可能原籍浙江、廣東、湖南、福建、四川、江西、廣西、江蘇，抑或如曾明財一般，屬台灣本地人，每個人每個家庭或有其不同的歷史記憶和現實的困境。但他們共同生活在光大新村，共用著1949年迄今幾乎相同的歷史命運。他們中當然不乏如徐譽庭、李靜君、吉廣與的家人和他們的痛徹心扉的鄉愁體驗以及原本作為短暫的拘留之所不曾想卻命定埋骨於此的內在的悲涼。但更多的卻是共同進退友愛互助以及由此積瀝的溫暖的生活記憶。曾明財懷抱一顆「有情」之心，記錄下那些普通人平凡的生命故事。

時空的轉換、歷史與現實的糾葛，以及與之密切關聯之個人、家庭和族群命運的變化，仍屬曾明財的敘述不得不處理的問題。他顯然無意於將人事種種編織入宏大的歷史敘述從而服務於某種現實的

目的，筆觸也往往疏淡，即便極有感懷之處也一筆帶過。因是之故，《台灣人在眷村》中較少濃墨重彩處，無論何等人物非常事件，均寥寥幾筆簡單勾勒，但背後未嘗沒有沉痛的大寄託。眷村以及台灣歷史與現實近半個世紀的變化，迫使置身其中的人們對現實問題做出回應。是為其敘述有著無可避免的政治底色之根本緣由。由〈老爸的飲酒人生〉牽連出的政治訊息和人生哲理，歷經十餘年個人生活的磨礪而使作者有更為寬闊的視野和更具勇氣的承擔。幼時所接受的「忠黨愛國教育」遂節節敗退。對《中國論壇》、《大學》、《台灣政論》、以及楊逵、蘇慶黎、陳映真、陳鼓應的接受成為促使個人政治啟蒙的重要機緣。而因一封信件所引發的獨特經歷，更使其意識到為民主、自由與法治的理想與信念犧牲奉獻之重要。此一節（〈眷村的黨外〉）屬該書中為數不多詳細鋪陳的篇章，若與此前數篇參照閱讀（〈國民黨鐵票〉等），則作者的用心處，自不難意會。同有眷村經驗且以紀錄片《偉忠媽媽的眷村》及舞臺劇《寶島一村》敘述眷村記憶的王偉忠說過，

對他們這一代眷村人而言，眷村早已超越了「社區」的意義，而成為他們的「娘胎」，「如果社會上有人認為王偉忠此人活得還算精彩，是因為眷村滋養了我的靈魂。」（〈眷村是我的「娘胎」〉，《寶島一村》，頁87）眷村如何滋養一個人的靈魂，並進一步形塑其人格，亦屬曾明財眷村敘述要義之一。由不諳世事的眷村少年，到有勇氣堅持自己的理想與信念，曾明財精神的成長史，在眷村並非個案。他們和他們的信念，約略可以代表一代台灣人的精神現實。那些「出社會」的眷村少年，日後也分布在台灣的各個地區，從事著不同的職業。這也從另一側面說明，「眷村」與「台灣」的「半隔離」狀態早已逐漸瓦解。而那些曾懷想「返鄉」的外省人以及他們的後代，也已是地地道道的台灣人。

觸及此一問題，曾明財筆下便格外凝重，「有情」的敘述，亦難掩其內在的「鋒芒」。對「鐵票」的批評，表明他對威權政治之反思。而其憂心所在，仍為意識形態的人為「區隔」所致之分裂。「眷村第二代、第三代如果住在眷村，仍與台灣人社會半隔離，仍受大中國意識形態或

黨棍操弄，不知民主自由台灣今夕是何夕？年邁的老芋仔已沒有明天了。」（頁282）而眷村兄弟姐妹們是否如姚立明推薦序中所言，會有一個共同的未來，尚屬未知之數。曾明財這一部書的寫作，因之在記述眷村人之生活故事之外，也便有立此存照以啟未來之意。

三

曾明財《台灣人在眷村》的寫作，起念於目見耆老凋零、眷村改建，兩代人的記憶將無所依託之現實，並希望藉是書的寫作補大歷史敘述之不及。畢竟，無論歷史如何宏大，終究還要落實到個人生命之實感經驗。那些卑微的小人物，他們在大歷史中命運的起廢沉浮，也因此構成了這一部書最為動人也最發人深省的部分。而自更為宏闊的歷史視域觀之，這些「非虛構」的眷村人事，自難掩其於數十年時光的流逝中心境與色調的變化，人生的況味和無奈亦盡入筆端。曾明財的眷村記憶，起自少年時，卻在幾近知天命之年展開敘述，這一部書中，自然有著雙重視角和雙重意義。少年人真實的記憶與成年敘

述者理性打量的目光的交織。「非虛構」的故事，因之多少有了些虛擬作品的色彩。四十餘年的人生經驗，自然影響到作者筆下故事的展開。當年彼此隔膜的歷史情境不復存在，喜怒哀樂悲歡離合，一當經個人從容道出，其間因世事滄桑巨變油然而生之悲欣交集便躍然紙上。

從朱天心的小說集《想我眷村的兄弟們》中，王德威曾意會到一顆「老靈魂」的「世故」。朱天心寫盛年不再的眷村兄弟「好花不常開」的教訓，就中亦不乏「少年子弟江湖老」的感慨。多年的「離散」經驗教她早早看透了世界，那「世故」之中，便難免「蒼涼」。要言之，「時間的消磨、意義劫毀的必然，理性疆界的狹仄，肉體欲望的虛幻，還有種種人為努力的無常與無償。」（王德威《後遺民寫作‧台灣末世本紀──論朱天心》，頁208）統統湧現在她的筆下。她渴望寫出眷村的過去，並於期間「預知」他們的未來。一如姚立明在《台灣人在眷村》的序言中所說，曾明財的眷村故事事關與他人不同的過去，卻也希望藉此導向「相同的未來」。但這相同的未來，已經不是曾

明財的父輩甚或他們這一代人的未來。他們沒有「未來」，只有「過去」。但「過去」不會死去，它會一直存在，並最終融入「未來」之中。

既無意將「小人物」的故事編織入先在的宏大歷史敘述之中以獲致穩固的歷史合理性，那些普通人的平凡故事於溫情之外，也便透著感傷和悲涼。如果稍稍放寬視域，不拘泥於1949年以降之歷史變化所引發之個人之興衰際遇，則《台灣人在眷村》「有情」的敘述中，或還蘊含著身處天地之間的人的命運的根本面向。個人不得不寄身於歷史，卻也必須承擔歷史所派定的命運。覆巢之下，安有完卵？！賈府敗落之際，寶玉深知個人難於自全。而身處歷史流轉中的一代人（一百二十萬），離鄉背土，偏居一隅，隨著「返歸」故土希望的歸於寂滅而置身無可如何之境。竹籬笆內的生活隔絕於日漸騰飛的「台灣」世界，在體會離散的感受之外，他們還得面臨「被拋」的苦境。

精神認同的闕如和極為艱難的現實處境，讓一代人背負沉重的命運。他們的故事既屬於眷村和台灣，亦屬於二十世紀

中國歷史至為沉痛之一頁。因是之故，《台灣人在眷村》中的「抒情」，也便「牽涉到內與外、心與物、主體精神與現實世界之間的互動。」、「不僅僅是抒發私我的牢騷、單向的夢囈，而是個體與外界透過某種管道與形式的溝通與協商。」（陳國球，《香港的抒情史·自序》）而身處特定之地理空間的人，亦「圍繞著他的時空周旋對話，情牽兩端，形諸言語文字」，一個名為「眷村」的「地方」由是生成並包含「哀而不傷」之獨特意味。

《台灣人在眷村》的讀者，「本省人」、「外省人」，或者大陸的讀者所見或略有不同，但就中蘊含著的數代人於大歷史流轉中個人生命的出入進退、離合往還之體驗或將統一，並促使他們在個人心路、家國想像、歷史記憶、政治角力中共同反思歷史區隔之深層意味。往事不可諫，來者猶可追。藉由這一部書的寫作，那些曾經活躍在已逝的時光中的人事彷彿獲得了重生，並借助文字世界形構的力量得以永存。

【楊輝，陝西師範大學文學院副教授】

少年、畸人與「轉大人」
試論雙雪濤《我的朋友安德烈》

彭明偉

人間出版社

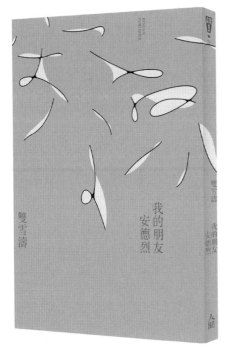

近年蜚聲文壇的雙雪濤（1983-）成長於東北瀋陽，他本是國營銀行職員，2010年偶然投稿台北的世界華文電影小說獎，以中篇《翅鬼》初試啼聲便一鳴驚人。他獲獎而誤闖文壇後，索性辭去銀行的鐵飯碗在家專事寫作，這部中短篇小說集《我的朋友安德烈》便收錄2016年為止的重要作品。

雙雪濤小說大多以1980、90年代下崗大潮中的東北下層社會為故事背景，有三個明顯的特點，其一，他在而立之年所寫的幾乎都是青少年題材，以青春成長的故事為基本架構。其二，除了青少年故事中常見暴力、性的元素，故事不乏痴狂特異之人，或是有痴迷怪癖的奇人，或生理、精神異常的畸人。這些奇人畸人並非世俗眼光中的英雄、成功人士，幾乎都算是社會的失敗者、魯蛇。其三，幾

乎每篇故事都以「我」為第一人稱敘事者與主角，講述青少年的「我」與奇人（畸人）之間的故事。從〈大師〉、〈無賴〉、〈我的朋友安德烈〉，到〈靶〉、〈跛人〉、〈冷槍〉等故事都有上述的特點，其他青春叛逆的故事大致也是循此模式略加變化而來。

雙雪濤的文字利索、思維敏捷，字裡行間帶著少見的狠勁，明顯比時下一般文學科班出身的大學生作家更為狂野，也更為頹廢。他偏愛離經叛道的邊緣人、失敗者，也偏愛這些人物的離經叛道、出格，而不妄加嚴厲的道德批判或施捨淺薄的人道同情。

小說〈大師〉中描寫象棋高手對弈的場面之緊湊是不下於阿城的〈棋王〉，主人公「我」黑毛的父親從小就是棋痴，後來是拖拉機廠裡的象棋高手，因下棋贏得嬌妻，也因沉迷下棋而讓妻子不告而別。父親從國企下崗後便天天酗酒，落魄頹唐，成了穿著兒子的學校制服上街與人下棋的怪人。某天來了一位沒腿的和尚，他曾是附近監獄的囚犯，為了結十年前的宿怨來找父親下棋對決。雙雪濤描寫和尚和父親兩位高手對弈，從頭到尾勢均力敵，最後父親勝券在握而故意失手輸棋。他讓兒子叫這位孤苦無依的天涯淪落人一聲「爸」，和尚聞之感動落淚，說：「我明白了，棋裡棋外，你的東西都比我多。」他輸得心服口服走了。真正的大師是「我」的父親，父親雖然是社會上的失敗者，但在棋局內外都展現大師風範，超越了世俗成見。這篇小說裡有不少阿城〈棋王〉的影子，但在精神上毋寧更接近魯迅〈孔乙己〉，少年「我」對於沒腳的和尚（孔乙己的變形）和父親都流露了溫情，他從這兩位世俗眼中的失敗者身上看到高貴的尊嚴。

〈無賴〉裡馬大爺這位無賴漢也有可敬佩之處。馬大爺是工廠車間巡守員，他是故事主人公「我」的父親的同事、朋友，在「我」家被強制拆遷後，馬大爺把他們一家偷偷安置在工廠車間的小房間裡，成為他們的保護者。他平日酗酒召妓、既偷且拐，在常人眼中這人幾乎是一無可取。然而他最大的本事就是與人談判時拿啤酒瓶往自己額頭上猛力砸碎，他這無賴精神讓所有對手都不得不折服。有一天工廠保衛科人員終於查獲「我」家，「我」的檯燈被帶走扣留，於是「我」帶

著扳手找馬大爺去拿回檯燈。

　　……老馬看了看我手裡的扳子，說：要拿這玩意打我？我說：站起來，把檯燈給我要回來。老馬沒動，指了指自己的腦袋，上面還有啤酒瓶留下的傷疤，像一條翻白的小魚，說：往這兒打，我要是躲一躲，就不算你大爺。我想了想，把左手放在鐵桌子上，掄起扳子砸下去，他伸手一擋，扳子飛了，掃倒了桌上大部分的啤酒瓶。

　　從這段可看到作者描寫人物之言行簡潔俐落、生猛有勁。馬大爺見到「我」的決心，單槍匹馬代「我」去保衛科討回檯燈。這是馬大爺最後的輝煌，少年「我」在窗外親眼目睹他在眾人前耍無賴，展現出某種凜然無畏的英雄氣概。

　　從〈大師〉、〈無賴〉這兩短篇，或中篇〈我的朋友安德烈〉等，我們看到雙雪濤著重描寫這些畸人特殊的精神樣貌，突出這些社會的失敗者身影背後某種可貴的性格。他所關注的是畸人逸出常軌的言行、他們的屈辱與尊嚴，而非社會結構性的問題，所以他筆下的這些畸人的痴迷瘋狂或頹廢放蕩與當前社會現實的關聯並不密切，他並不深入探究造成這些畸人的社會成因或個人因素，也無意為他們的困境指出什麼出路。

　　這些畸人都是「我」的青少年時期的教導者或保護者，如〈大師〉裡的父親不僅教「我」下棋，更重要的是教了「我」做人的道理，父親與沒有腳的和尚對弈便是給「我」最佳的身教示範。在〈無賴〉小說結尾，馬大爺為「我」而單刀赴會，最後大混亂中，「我倒在雪裡，檯燈在桌子上還散發著溫暖的光，震耳欲聾的轟鳴聲把我包圍。我感受到一種前所未有的安全感。」又如〈我的朋友安德烈〉的數理奇才安德烈是「我」在班上難兄難弟，如同「我」的侍從，不僅在足球場上是「我」的最佳搭檔，在關鍵時刻為了保護「我」，挺身而出在校長室貼大字報揭發班導師的偏心不公，因而遭到退學。然而，這些故事裡的「我」都是被教導、被保護的，「我」未曾給他們什麼回報，也未能為他們做點什麼。「我」幾乎只是個旁觀者，未曾伸出援手。

　　少年的「我」終究還是要長大，不

能老是等著被關愛、被呵護，少年要慢慢「轉大人」（閩南語，意謂少年轉為成人，「長大成人」），有朝一日也能有擔當、能為別人做點什麼。〈大路〉這篇是很好的例子，故事裡的少年「我」父母在意外中雙亡，他離家逃學，勒索一位美麗的少女，這陌生的少女卻回報給孤苦無依的他溫暖的關愛，她送給他書包，還有一件極厚的格子襯衫。兩人在少女臨死前幾天成為相濡以沫的朋友，少女扭轉「我」的命運，使「我」走上正途大路。少女與「我」約定三十歲時兩人再相會。

> 「……你答應我，把那把刀子扔掉，然後找個其他的工作幹，你會做什麼？」我想了想說：「我會鋪路，很平的路。」她說：「那你就找個地方鋪路。至少要活到三十歲。然後告訴我，到底值不值得一活。」

「我」答應了，在少女過世後，他到了最遙遠、最寒冷的漠河鋪路，等待三十歲自己生日那天與少女的重逢。在漫長等待的日子裡，他專心鋪路，堅持天天讀書。他讀書是為了自修完成中學、完成大學學業嗎？不是，他為讀書而讀書，讀書以消磨生命，讀書好像只是日復一日重複無意義的工作，如同西西弗斯受天神懲罰，日復一日壘石。在故事結尾，三十歲的「我」見到少女的幻影，他回答少女說：「我只是活著，然後看看會不會有有趣的事情發生。」沒有現實、沒有行動，這就是「轉大人」後的三十歲嗎？永遠陷在少年時期的自戀自膩情境中，這十分美好的自我感覺卻是一片淒冷的死寂與虛無。

在〈大師〉、〈無賴〉之後，雙雪濤小說世界裡少了成熟有擔當的男子漢，主人公「我」停滯在青春期，擺脫不了少男情懷，無法順利「轉大人」。只有〈自由落體〉裡的小鳳是個例外，她原本是驕縱任性的少女，高中畢業後與「我」分別多年，從澳洲留學回來後卻成了救人濟世、不收紅包的正派良醫。反觀故事裡的「我」仍是個長不大的孩子，「大學畢業後，家裡給我謀個差事，在政府一個小部門掛職，每天無所事事，就在網上鬥地主。」他渾渾噩噩過日子。某一天「我」在醫院看到小鳳滿臉倦容，她為救治病人而早生華髮讓「我」不免感動而慚愧。故

事中「我」的高中同學悶豆長大後在銀行上班，不料卻辭去銀行工作而淪為小說家。悶豆寫過一則荒唐的故事，描寫一個男人想綁架仇人的小孩進行報復，不料卻成了小男孩了保母。小男孩在下雪天想吃冰糕，又想到遊樂場騎木馬，可惜木馬早壞了。悶豆寫出十分動人一段：

　　……音樂響起來，他抱著木馬的脖子安靜地坐著。我極想將木馬推動，可是那完全不可能。他說，叔，我很開心，一直想坐木馬，沒人帶我來。我說，不要說話。他說，叔，我想吃冰糕。我說，這就去買來。我已經十幾年沒吃冰糕，給自己也買了一支。回到原地，遞給他冰糕，我也坐上一匹木馬，這時一陣大風吹過來，一切似乎都旋轉起來，他揚起了手，冰糕掉在地上，黑頭髮飄起，而我也打起了口哨。

　　這是雙雪濤筆下很輝煌的一幕，從文字語言的風格來看，故事裡的悶豆與小說家雙雪濤兩人完全重疊。故事裡的男人成了孩子的保護者，想要實現別人的夢

想，儘管能力不足，因此需要天外突如其來的一陣大風助力，才能完成這一則如夢似幻的黑色童話。

　　怎樣走出青春期而蛻變為成人呢？我們在〈走出格勒〉這篇看到了契機，雙雪濤寫出了一位他筆下少見的少年英雄。故事裡的少年「我」成長於東北經濟蕭條年代、名為豔粉街的充滿暴力與色情的貧民區，某次他闖進荒廢的煤電廠，發現一位身陷煤山水坑裡的少女，他出於迫切救人的責任感，想要將少女背出煤電廠。少年「我」歷經異常漫長而艱苦的考驗，雖然又饑又渴，卻十分堅決要背負少女死屍（人早已死了，這種處理方式很不實際、不盡合理）走出煤電廠，一旦純潔無辜的少女能走出困局（走出被圍困的列寧格勒），她將能死而復活。這種拯救者、解放者的少年英雄形象在雙雪濤小說裡是罕見的。

　　儘管如此，雙雪濤將少年所經歷的成年禮過程寫得如夢似幻，如同上述〈自由落體〉裡那突然的一陣大風，寫得很象徵、很模糊，這意味著現實的拯救之道其實很模糊。〈走出格勒〉裡的少女畢竟早已死了，而且「我」最終也未能背她走出

煤電廠。那麼要如何走出貧困、荒廢的圍城？「我媽找到我的時候，我一絲不掛趴在那個鐵門裡面，嘴裡咬著鋼筆，渾身漆黑，背上有一具高度腐爛的屍體。我很快甦醒過來，考上了市裡的初中，離開了豔粉街。」故事裡前後反覆出現的鋼筆，成了文化知識的象徵，唯有通過讀書考試升學、晉升中產階級才是現實中的逃脫走出之道。雙雪濤在〈無賴〉中特別描寫少年「我」所珍愛的書桌和檯燈，無賴馬大爺不也看他是塊讀書的料子才願意為他冒險要回檯燈的嗎？讀者或許會進一步想到，拿回檯燈或走出格勒之後又如何呢？

雙雪濤是個聰明或狡猾的寫作者，他經歷了1980年代以來東北大工業蕭條沒落的時代，透過少年視角講述的下層社會的故事裡不乏現實性、時代性的細節，看似無意間撩起某些當前中國社會現實中爭議性的話題，如國營企業破產倒閉、大批國企工人下崗失業、強制拆遷民宅等的劇烈矛盾衝突，使得有人道主義精神的中產階級或腦子裡還殘留社會主義時代平等概念的讀者，不免會感到義憤與良心不安。但作者筆鋒往往點到為止，他一下子順手滑過，迅速移轉讀者注意力，不再碰觸敏感話題，留給讀者能安然接受的輕微的良心不安與安全的正義感。面對故事裡所有受壓迫、受侮辱的人物，雙雪濤無疑飽含同情與無奈，當前的現實問題當然不是小說家雙雪濤所能解決的，他只好將良心不安轉化成了無力的虛無感。

我讀雙雪濤的小說，欣賞他精練利索的敘述能力與靈活的想像力，但他無力面對社會現實的困境所產生的虛無感。不過僅僅這樣迷人的虛無感不足以成就大作家，我還期待未來能有中國的布爾加科夫，像布爾加科夫這樣能將想像力與現實感的結合起來的大作家，雙雪濤具備這樣的潛力。

雙雪濤的創作還在起步階段，《我的朋友安德烈》裡不少還是故作叛逆的小說，雖是反對纖細矯情的文藝腔，不免還有反文藝腔的文藝腔，留下受到卡夫卡、魯迅、阿城、余華、村上春樹等小說大師影響的明顯痕跡。雙雪濤的創作也面臨到走出格勒的艱難考驗，怎樣走出文本的圍城世界、背負起當代中國的現實與歷史的苦難呢？

【彭明偉，交通大學社會與文化研究所副教授】

比生活既多些又少些
評《我的朋友安德烈》及其他

木葉

較之於簡體字版《平原上的摩西》，《我的朋友安德烈》少了中篇〈平原上的摩西〉，新增了〈終點〉和〈靶〉兩篇。這是雙雪濤至今短篇之英華所在，堪稱近年令人驚豔的幾部華語小說集之一。作者的《翅鬼》、《聾啞時代》、《天吾手記》，與這個集子裡的作品光色互見，彼此應和，一種氣象正靜靜升起。

一

雙雪濤的語言非常有小說感，他是為此而來的。「我的睾丸突然劇痛……疼得好像要找大夫把自己閹了才好」（〈我的朋友安德烈〉），「我偷東西我認，但是實話告訴你，我偷東西是副業，主業是偷人，今兒第一次見，讓我摸一把，算個見面禮」（〈無賴〉），他不避雅俗，直抵要害，行文鮮異而準確；「日光就像是一個王朝佔據了這個城市」（〈靶〉），這種歷史與現實、自然與人文的聚合式譬喻別開生面；「病是理性的，或者換句話說，是寫實的，而死亡，是哲學的，換句話說，是詩性的」（〈長眠〉），這話抽象，不管不顧，又不失形象，縱是你未必認同，亦可感受到它對小說中遠方、恩義、理想性行動的潛在指涉。——以上不免有些斷章取義，然可會其大意，有興趣的人亦不妨尋覓這些花朵或枝葉所在的整個植株，感受自下而上或自內而外的生命力。

他寫人物對話一般不加引號，有一種漫不經心的生動。〈我的朋友安德烈〉中，不容於常規而又有情義的安德烈，最終住進了精神病院。小說臨了，「我」去看他，還未開口，他便說「別問我，我什麼都不知道。」這種陡至的拒絕，一下子抵向弔詭的命運（此前大夫問了他「無數的問題」。當他問大夫你們放不放無辜的人，得到答覆：「歡迎你，這裡都是像你一樣『無辜』的人」）。大夫說安德烈已認不得人了，「我」還是問這裡怎麼樣？

他把眼睛移回《時間簡史》上說：「此地甚好」而他曾向「我」講起瞿秋白臨刑前所說正是這四個字，如此說來便平添一種凜然，亦有所反諷（「我」和那些把他送進精神病院的人有何不同？）。「我」陪他坐了良久，他一直在看《時間簡史》（引人遐想的書）。「我」說走了，多保重，出來時一起踢球，他像是沒聽見，待「我」站起，他突然說：「書桌裡的鉛筆別忘拿了，鋼筆水在我這兒，別忘拿了……」這話是當初他助我躋身最佳學生行列時所說，令人沉思我們的此時此刻此情此景。「我找到他的手握了握，走了」，人就在眼前卻要「找」到他的手，有疏離，有無言，有無奈的告別。小說倒數第三段，大夫說「我」走之後，他的情緒變得很不穩定，襲擊了護士，禁止「我」再去探望。倒數第二段就一行：「我再也沒踢過足球」，然後另起一段以四個字收束全篇：「僅此而已」。「我」承諾等他出來後一起踢球（我們真正成為朋友就是因為足球），我未等到他，我未再踢球，「僅此而已」。小說就此止息，而意涵尚在不斷輻射：包括對友情，對人生，對社會隔膜、桎梏以及那看不見的手的省思。是的，此外我們又能做什麼？

作者喜歡語詞間的相遇和韻律，喜歡詩。〈長眠〉裡，融入了自己的詩作，

他曾謙稱，「寫得很差，不入流，算是過了一把癮」，其實那些詩句有些野逸與勁道。當我見他在〈大路〉裡化用海子關於黑暗的詩，捏了把汗，讀罷覺得妥帖，她說，「我一直以為黑暗是從天而降，今天才知道，黑暗是從地上升起來的。」他說，「可能黑暗一直在，只不過光跑掉了」，〈走出格勒〉男主人公在有些囧的情境下背誦了曼德爾施塔姆寫列寧格勒的詩：「我回到我的城市，熟悉如眼淚，如靜脈，如童年的腮腺炎……」，這兩處化用均是將中外詩歌名篇融入俗常敘事，隱去了作者與篇名，前者和故事情節若即若離，而對光與暗生成方式的巧妙引入，頗有益於小說中對成長問題的辯證；後者除了情境恰切，喚醒對生活之城以及陌生形象的感受力，還成為了小說篇名的一個來由。

「語言是小說的源頭，也許現實是另一個源頭，但是我總覺得語言是一個更重要的源頭」，他對語言的及物性和虛構性均有持續的摸索。

他的行文，注重節奏，句子長短相配，發力的往往是短句，一不留神就給你一拳。有時又如古人用兵所講究的「圍師必闕」，呈現一種未完成感，而意思又都在那裡了，以空白言說，以空白召喚，餘音繚繞。〈大師〉尾聲，和尚贏了棋，臨

走時留下一語：「我明白了，棋裡棋外，你的東西都比我多。如果還有十年，我再來找你，咱們下棋，就下下棋」，什麼東西？當真就下下棋？意猶未盡，卻勝似說了，對於文中父子與小說讀者而言，這種不像結束的結束開啟了一個新的行程。

也許和家鄉風物不無關係，他的文字裡有著朔風之勁，也有著歐風美雨洗禮後的雪映明月，語言冷硬，不動聲色，而又平易幽默，有效推動敘事，豐滿了人物形象。

「語言不只是一種形式，一種手段，應該提到內容的高度來認識」。這是他所心儀的作家汪曾祺的話，他很可能讀過，並深有會意。是的，語言不是像桔子皮一樣可剝可扔，也不是附麗的粉黛。

並非一個人說自己看重語言，便能寫好，這裡有天賦，有想像力，也有看不見的勤力與砥礪，又須得是一個卓越的心理學家和社會學家，穿行於人間煙火，世俗而篤定，敏於生活之肌理，長於語詞之調遣，語言如水，想說的意思都生長在裡面，沐浴其間，不是簡單的美與不美，而是「自然而又突然」，極具感染力，而又不無遠意。

我喜歡雙雪濤的原因，可能還在於真的閱讀時自己並不會特別在意其語言，甚或會忘記它們，而是為其文字對時代生活超拔的翻譯能力和塑造能力所吸引，投入其中，投入那些虛構的人物，及其真切的命運。

二

「那是一種努力……和他的真正存在一起走向語言，被現實擊中並尋找現實」。現實、語言、存在、努力……。詩人保爾·策蘭的洞見，引我更深入地去思考雙雪濤的文字與小說實績。他與現實的關係，有些「緊張」，但更主要的是一種迷離，包含相互辨認、賦形和深度轉化。而有了「努力」，所謂的「擊中」將是相互的。

迄今為止，他的作品大多涉及成長與青春，如長篇《聾啞時代》、短篇〈跛人〉、微型小說〈終點〉，無論是遠行，人與人的相遇相失，還是性愛金錢以及社會的洗禮；即便在〈大師〉中，青少年時期的經歷和心跡亦均扮演著至為重要的角色。我不喜歡「青春小說」的說法，在這一概念的明確性之中恰恰隱含著一種固化和窄化。他的寫法，與流行的青春敘事不同，至少絕不是那種早已被命名甚或寫爛的「殘酷青春」。他寫青少年，寫校園，卻又越出校園和教育問題，指向龐然之物和幽秘之境，青春向前向後均有著曖昧而攸關的延長線。他想必了然，青春是無法

逃出去的，只能經歷、領受、揮灑，匯入煩雜而深切的生活。他的一個優異之處，正在於寫出了生活潛在的面目。

他在《自由落體》中寫道：「人無論多小心翼翼地活著，也得損壞」，而書寫這種生命歷程中的小心翼翼及其損壞，可以說是歷史上無數經典小說共同的動人之處。這也是小說集《我的朋友安德烈》一個隱秘而又一以貫之的關切。我不禁想到曾看過的一篇文字，其中有一段關於「既多些又少些」的妙論，很是觸動我，可惜一時尋不到出處，不過我還是願意將它移用於此：我們總是比生活既多些又少些。多些什麼又少些什麼呢？理應多些陽光和美好，少些黑暗和罪惡，而事實上，我們往往是反著的，會比生活本身或當下所能提供的多出來憂愁、迷惘、虛偽、欲望、暴戾、墮落，而少了真摯、良善、寬容、勤勉、堅韌、溫馨……。書寫那些少掉了或多出來的東西，那些可見或不可見的「不足」與「有餘」，正是一個小說家的職責所在。小說的要義，在於發掘與揭示，也在於完善與保有。

埃里希·奧爾巴赫曾探討過《蒙田隨筆集》中有一個名句：「我們最偉大最光榮的傑作就是生活得當」。實則，生活原本已不易，得當就更為難得，過猶不及，不及亦屬冗餘。無疑，雙雪濤看到了

這樣的困難，但他又不甘於此，每每會在作品中試探自己的人物，甚至看著他們任性、放肆，或是為造化所弄，進入急流與暗夜，露出破綻，或進行奮爭，直至有所驗證。某種意義上，這也包含對作者自身的拓展與考驗，幸運的是，他帶來了下棋的父子、傅老師、李斐、安德烈和安娜等鮮活而獨特的形象。

細節，他從不馬虎。〈跛人〉裡寫到去天安門廣場放風箏，天安門的意涵厚重而複雜，風箏的所指似乎明瞭卻也未必，兩者結合在一道則越發邃遠而有意味。在開往北京的綠皮火車上，跛人現身，女孩消失，男孩折返，似乎一切未及展開，卻又已然改變，在這裡揭曉的彷彿是一個「抵達之謎」，一種不言自明而又各有期許的遠方，一顆屬於自我而又萬眾矚目的飛翔的心。

進一步而言，因了人生的缺陷與不滿足，在他的小說裡，往往會應運而生某種引領性的東西，我視之為「內在的光源」，儘管有時它可能是以幽暗或謎的形式出現。《長眠》裡是起因於一個詩友的死亡，一份情感的失落，偏偏是這些否定性的因素，使得主人公不計風險地前往那個塌陷中的鎮子，並有所為；〈大路〉中奇異的女孩引領著一個問題少年，跨越時空去體會「活著到底值不值得」；〈大

師〉裡十年復十年，兩個人念念不忘的是一盤棋，勝敗並不是最重要，重要的是可以並願意不斷重新開始。

　　還是很有必要談談雙雪濤廣受矚目的中篇小說〈平原上的摩西〉，少年成為刑警，偵查一起舊案，嫌犯漸漸指向兒時鄰家父女……。小說的開端和展開均有板有眼，如何收束，是讀者暗暗期待的，也非常考驗作者。對目前的結尾，人們有贊有彈。湖心，小舟，男女二人，曾經的玩伴，而今一為員警，一為嫌疑人。她說：「傅老師曾經給我講過一個故事。說，如果一個人心裡的念足夠誠的話，海水就會在你面前分開，讓出一條乾路。讓你走過去。不用海水，如果你能讓這湖水分開，我就讓你到我的船上來，跟你走」，他答道：「我不能把湖水分開，但是我能把這裡變成平原，讓你走過去」然後，他把手伸進懷裡，繞過自己的手槍，掏出煙：「那是我們的平原。上面的她，十一二歲，笑著，沒穿襪子，看著半空。煙盒在水上漂著，上面那層塑膠在陽光底下泛著光芒，北方午後的微風吹著她，向著岸邊走去。」至此，小說戛然而止，靜悄悄地完成了雙重的發現，既是對真相的發現，也是對自我的發現──發現兇殺案真相之外另有真相，發現自我的已然與未明。在那一刻，歷經世事的延宕錯失與千迴百轉，員警莊樹和嫌疑人李斐化作了彼此精神上的「摩西」。而那種指引，最終又離不開每個人自身的掙扎與領悟，這便是來之不易的「生活得當」。

　　在現實面前，在生活之中，我們的「多些」與「少些」，可能是註定的，無奈的，也可能成為營養、策勵與成長，它們是那些在陽光與風到來之前被忽略的縫隙和山丘。

三

　　雙雪濤的作品，我最後讀到的是《翅鬼》，而這是他早初之作。封面標有「第一屆BenQ華文世界電影小說獎首獎作品」，「《幻城》後再現絕美奇幻國度」。不止一名論者談及，他由所謂的類型小說轉入嚴肅文學創作。我感興趣的是，他的作品並不很多，卻題材多樣，手法不拘，就故事的質地而言，《翅鬼》無疑是佳構，是寫給那些一出生就有翅膀的人，以及那些心底可能生出翅膀的人，勇氣與自由是他們的磨難與宿命。「我的名字叫默，這個名字是從蕭朗那買的」，這一開頭，值得傳誦。寥寥十數個字，全息了整部小說，故事的大門就此開了一條縫，一束強光打在地上，塵與人將開始閃爍、搖曳。關鍵是，後續的不算長也不算短的故事接住了這股氣。讀罷掩卷，不禁

想起書法家米芾的話：「振迅天真，出於意外」。

至於雅與俗、純文學與類型文學，在雙雪濤的創作中，並不是涇渭分明、水火不容，或者說正是這些元素的並存，成就了他文字的獨特。

他的作品，講究趣味，「警惕寡淡和無聊」。或許還可以加上智性、邏輯性，當然是在較為寬闊的意義上而言。

他思考的問題和一些意圖，都在生活化的細節中得到了實現。就像廣受稱道的〈大師〉中的描寫：「那時我十五歲，雞巴周圍的毛厚了」，單憑這兩句，也許尚無從判斷走向與優劣，但你無法否認其間的敏銳與直率。作者緊接著寫道：「在學校也有了喜歡的女生，一個男孩子樣的女生，頭髮短短的，屁股有點翹，笑起來嘴裡好像咬著一線陽光」，能寫出這麼七葷八素的漂亮文字，想必內心是妖嬈而彪悍的。因為他最懂得，一個懵懂的少年，擁有無盡的好奇心，一旦真的投入到棋局或是生活之中，必會有太多的領悟。

他嚮往那種簡單與複雜，那種直擊人心的力量，他幹得不錯。他在紙上重塑家鄉的豔粉街，刻畫世態人情，有著結結實實的細節、承轉，有著對不斷折疊的時空的延展和追問。

他的很多小說，都有些像中國史書傳統中的紀傳體，當然，他所注目的是凡俗中的不凡不俗者，寫奇與異，並不是最難，即便寫素常之人，依然能充滿活力和新意，這就叫手筋了。寫出迅速變化的時代的生活質感，絕非易事。他冷眼看取而又哀矜，注目的不是那些「被公共化」的人生，而是自己所發現之種種，以有懸念的語言，帶來有懸念的故事和心靈。

他的寫作時間並不長，「迅速」便找到了自己的聲調與路徑。於此，我不想隱瞞自己的偏愛，也不想苛求。只是有幾句話還想說一下：有時，作者先行的設定壓住了人物自身生長的可能，形而下的功夫和形而上的思考可以更好地結合。還可以將自己更多地投映於角色之中，同時也要讓角色更多地發出自己的聲音。在怪力亂神方面有不小的潛質，尚未得到充分的發掘和釋放。在長篇小說上的綜合造詣，還沒有中短篇那麼得以彰顯。另外，對這個世界，這個最好也最壞的時代，對於自己，還可以更加鋒利。人生的局限，人性的光暗，期待著創作者去探勘，去邂逅，去「發明」。

【木葉，作家與評論家】

荒誕敘述的技藝與超越
東君小說及其虛無主義的世界觀

徐秀慧

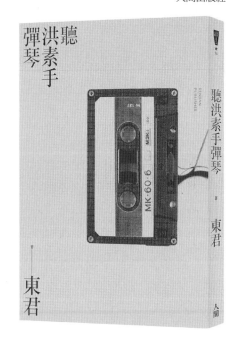

人間出版社

連續兩年多，我帶著大學部的學生閱讀大陸七〇後作家的作品，或是九〇後的寫作，目的是希望透過閱讀青年作家筆下的小說世界了解大陸的現實。我陸續選了畢飛宇〈哺乳期的女人〉、徐則臣〈啊！北京〉、張楚〈曲別針〉、付秀瑩〈愛情到處流傳〉、田耳〈一個人張燈結綵〉、東紫〈春茶〉與甫躍輝的〈動物園〉等等作為現代小說選的閱讀材料。這些小說或多或少反映了改革開放以後大陸的現狀，有助於學生重新認識當代中國社會。

我原本擔心學生對於大陸社會有點隔膜，出乎我的意外，學生的反應，卻頗為熱烈。儘管這些學生們對中國當代文學史的流變與嬗遞，知之甚少，但他們對大陸九〇後小說的表現形式與現實的連結，接受度卻比我還高。我認為這可歸因於兩岸都市物質文明與消費社會文化，本質上已愈來愈接近的緣故。這次閱讀東君

（本名鄭曉泉，1974年生於浙江溫州）的小說，更加證實了我的看法。我相信台灣中文系的學生一定會很喜歡東君小說中諧擬古典小說的敘述風格，及其以寓言涵攝現實的敘述手法。但我卻為東君小說看似多變的形式風格背後隱藏的敘述焦慮，以及作者由此所流露出濃厚的虛無主義感

到憂心。

東君在台灣人間出版社作品集《聽洪素手彈琴》的「後記」中提到，他寫了十六年的小說：

> 每隔四五年，我的小說總會有些許的變化，但，屢變者體貌，不變者精神。這「精神」具體何指，我也說不上。

東君認為寫作是「不斷的否定自我。如果它沒有給自己或別人帶來驚喜，這樣的寫作就是徒然」。顯然他以不斷自我突破與創新手法為目標，但他又感覺寫作中有種悖論：

> 在你還沒弄明白怎麼寫的時候，你一不小心就把自己的獨異性寫出來了；等你把甚麼都弄明白了，創新的欲望、寫作的激情也許就在不知不覺中慢慢消失了。而這種欲望和激情，便接近於我前面所說的真氣。

東君自認為作品裡面還保存著幾分「真氣」。對於東君夫子自道的「精神」、「真氣」，光是閱讀《聽洪素手彈琴》這本小說集，我實在無法意會。為了更進一步了解東君，我還特地查了中國期刊網。從同樣來自溫州在地的溫州大學的呂燕兩篇談論「溫州文壇五虎將」的文章中，我才了解東君屬於近年崛起的溫州作家群之一。1992年鄧小平南巡後，將改革開放後的中國推向商品經濟大潮。東君所屬的溫州作家群都是在商品經濟大潮中事業有成的青壯年作家，當文學的地位已不像1980年代舉足輕重而日趨於社會邊緣之際，他們仍舊鑽研於寫作。呂燕文章的提問正是：「溫州作家群裡的不少作家經濟寬裕，事業成功。數錢的手為何還要寫作呢？」東君曾夫子自道：

> 在我們這些寫東西的人看來，寫作並沒有比吃喝玩樂更高尚，所以，我們的寫作更多的是帶有遊戲的成份，幾乎沒有什麼功利性。越是如此，我們的作品也就越純粹。我們沒有為生存而寫作。我們從來沒有把「奮鬥」這個詞運用到寫作層面上。（〈生活比小說更荒誕〉，《浙江作家》，2009年）

既然「寫作並沒有比吃喝玩樂更高尚」，東君追求的「純粹」的遊戲境界，到底指的是什麼？

石曉楓在為台灣人間出版社東君短篇小說選《聽洪素手彈琴》所寫的〈古雅之聲與諷諭之調〉這篇具有導讀性質的序言中，稱道東君廣博的涉獵與借鑒，並指出其諧擬六朝志怪、唐傳奇與明清筆記體等古典小說的敘述手法，她評論東君的小說的諷諭之意：

> 托形於古，實寫今世，古雅、散淡的氣質裡，存在著日常的恐怖感與諷諭的聲調，這是小說裡頑固的低音，壓抑的和聲，是蓄勢待發的張力，也正是東君找到的、屬於自己真實的聲音。

石教授指出了東君小說的獨特風格及其指日可待的潛力，對東君小說的評價相當高。看好東君小說的不只是石教授，2016年廣東花城出版社發行了「現代性五面孔」叢書，標榜「收入文壇具有原創力、探索性、前瞻性」的作家作品，第一輯推出五位七〇後作家的作品集，包括：

徐則臣《古代的黃昏》、李浩《消失在鏡子後面的妻子》、張楚《梵谷的火柴》、田耳《獨證菩提》以及東君的《某年某月某先生》。近幾年已有為數不少的七〇後作家群崛起，並逐漸受到文學評論界的重視，東君的作品能在其中脫穎而出，其代表性和影響力不可小覷。由於石曉楓已經很完整地介紹了東君小說的路數、風格與意義，我不打算重複介紹這本小說的內容。東君的小說，在中國風的敘述背後，仍舊延襲了八〇年代末先鋒派的實驗性寫作與荒誕的敘述風格。我想從東君的小說觀，談談他的先鋒實驗、荒誕敘述與伴隨九〇後大陸經濟崛起油然興起的虛無主義世界觀之間的關係。

從西方荒誕派的敘述入手開始寫作的東君，千禧年初出文壇，2003年發表〈拳師之死〉即已顯露他借鑒志怪、奇譚的敘述手法。〈風月談〉（2007年）則諧擬才子佳人小說，只是自命清高卻不脫酸腐、假道學的才子終被狡智的妓女拋棄。〈黑白業〉（2008年），寫堅守情義道德的和尚終抵擋不住輿情的壓力而被迫放逐。東君於此已奠下他穿越古今、新舊、城鄉與雅俗的敘事風格，在〈蘇靜安教授

晚年談話錄〉（2010年）、〈聽洪素手彈琴〉（2011年），〈范老師還帶我們去看火車嗎？〉（2011年）中則以古雅淡遠的文字敘述，集荒誕、怪異、暴力與豔情於一爐，並擅長以懸疑性作為故事情節的推動力，充分展現他是個說故事的能手。但其缺憾亦由之而來。汪廣松在〈浮生若夢，小說如夢〉中就曾指出：「如果小說家的思想並未澄清，經驗、能量不足就用知識、怪異來湊，討論往往容易流於皮相，那對小說反而是一種損害。」吳麗豔、孟繁華的〈小說三家論〉也指出東君「嚮往高遠、淡泊的意境，仙風道骨乃至六朝高士的趣味風采」，走的是沈從文、廢名、汪曾祺的路數，但是敘事的節奏和複雜做不到刪繁就簡，則「東君要成為他們那樣的作家，還有一段漫長的道路要走。」

當我連續讀了《聽洪素手彈琴》其中的幾個篇章後，小說於荒誕敘述中流露出濃烈虛無感，相較於小說風格的多變更加引發我的好奇。這本小說集的主題，可明顯感受到東君對於人文精神的滑落，表現在對「古已有之」的功利、市儈的憎惡與嘲弄，他企圖透過〈聽洪素手彈琴〉中的古琴、〈風月談〉中的詩詞、〈黑白業〉

中的修行、〈拳師之死〉中的武術、藥草之道、〈長生〉中的擺渡哲學等人文精神傳統予以抵制。但小說中展現了作者對於人文精神或情義道德在現實生活中格格不入的一種世故哲學，卻又抵銷了他對庸俗的抵制。2015年發表的〈夜宴雜談〉諷諭藝文界與學術界的附庸風雅與清談無聊之舉，〈如果下雨天你騎馬去拜客〉對於海龜學人如何結合風俗迷信炒作土地開發極盡嘲諷。最能表現東君寫現代人精神荒蕪的應該是〈某年某月某先生〉，小說中平日教書之餘也寫詩、畫畫、風流倜儻的東先生與在山中靈修的豔遇對象高個子女人，皆幻想著一段無性之愛的豔遇，來填充虛無的生活與情感世界。

看似風格多變的東君，囿於「生活比小說更荒誕」的執念，其對於淡泊處事與人文精神的解構，一貫展現的卻是寫作不過是流於一種自嘲的遊戲之作。「到底為什麼要寫作？」是我對東君最大的疑惑？透過「寫作」東君要追尋的是甚麼？我找到了兩篇東君的小說論，才有點恍然大悟。東君在〈短篇小說的能量〉（《作家》，2015年）一文中，細數了他對芥川龍之介、魯迅、博爾赫斯、卡佛、海明威

等人短篇小說敘事「簡潔」的體悟，得出的結論是「短篇小說與詩更接近」。在這篇小說論中，很少談到他對於魯迅、博爾赫斯、卡佛、海明威等作家文本世界的意義，他所強調的不外乎是故事長、短的敘事動力與能量。東君小說中的人物也鮮少觸及內心世界與情感的深度。西方文學的現代性最重視主體性的建構也很少在東君的小說人物中體現。事實上東君對中、西敘事傳統的流變，知之甚詳，他在〈小說是甚麼？〉（2014年）一文中就提到：

　　（中、西）說唱藝術作為亞文學的敘述形態，一直以來對小說的發展不無助益。從一種帶有娛樂功能的公共寫作轉變為一種個體寫作，最大的區別就是，「說」的方式不一樣了。也就是說，那種訴諸「客官」的「說」變成了一種關注外在現實與內心現實的客觀敘事。20世紀初出現的各種名目繁多的現代派文學運動，說穿了，差不多就是一種向內的運動。

　　但是東君的小說往往關注外在現實多於人物的內心現實，推動故事情節進展

依賴的還是對人物言行、對話的敘述。東君深受卡夫卡的荒誕敘述與志怪小說的語言影響甚深，他對現實的諷諭也經常是寓言性的寫法，而非現實生活細節的描摹與經營。這或許還是得歸因於東君基本上延續的是八〇年代末先鋒派的小說觀，將小說當成是一種純粹的敘述美學來經營：

　　小說就是小聲說話。偏重於政治色彩的宏大敘事曾經把小說的聲音調得過高，使小說淪為一種假腔假調的東西。1949年以後很長一段時間裡，政治風向丕變，普羅大眾掌握了社會話語權之後，有意推倒菁英文學，於是，一群粗通文墨者像報復似地大量使用粗鄙化的語言文字，而我們對文學的認知功能也被政治意識形態所扭曲，文學（包括小說）僅僅限於為普羅大眾（尤其是中國的普羅大眾）服務。一種假大空的文學觀跑出來作祟，在作者與讀者的意識中，小說高於生活，凌駕於小說本身，而小說的音量也調到了非正常的位置，給人一種大言炎炎的感覺。那個年代的小說家作為敘述者彷彿就站在高處，必須

高聲說話才能讓更多的人聽得到。而事實上，他們高估了自己的能量，也誇大了小說本身的功能（人民是無限的，但小說為人民服務的功能卻是有限的）。

東君旗幟鮮明地反抗1949年以來「為人民服務」的現實主義小說敘事，但他對文藝美學所展現的菁英意識，又與他刻意在作品中抹除人文精神與情義倫理之崇高與卑下的界線不無矛盾。在同一篇文章中，他對小說之「道」的體悟展現了他對小說作為一種敘述小技的焦慮：

　　小說就是一種道。小說誠然是一種小技，有些人能將這種小技玩得很漂亮，但終其一生，只是玩技術活，手熟了，匠氣重了，小說也就越來越「小」，變成一種小氣的玩意兒。「技進乎道」，則需要在小技中貫注一種大氣的東西。拋開玄想，直指生活，小技亦能通大道，只是心眼手法不同而已。

　　莊子說，「道」在豬蹄的下部，在一切卑微、細小之處。一個有敘事才能的作家可以從一個極其微小的切口打開自己的故事文本世界。那樣的小說是由形而下的「常道」，進至於形而上的「非常道」。

東君推崇莊子哲學「道在屎尿」，但似乎忘了這個寓言故事要告訴人們的是「道無所不在」。東君的小說觀企圖上承詩言志的抒情美學境界與道家的處世哲學，其志不可謂小矣！但其小說的文本世界，與他所謂的「拋開玄想，直指生活，小技亦能通大道」仍有段距離。他在「後記」中感嘆的寫作悖論，擔心自己一旦掌握了敘述的技藝就可能失去創新的欲望與寫作的激情。我想東君要突破此一寫作的悖論，唯有超越荒誕的敘述與虛無主義的世界觀，徹底拋開關於小說敘事的種種言說。寫小說的人時時刻刻要擔心小說被視為小技，說到底還是沒有真的拋卻功利之心。

【徐秀慧，彰化師範大學國文系副教授】

靜夜行船與聲音的詩學
讀東君《聽洪素手彈琴》

宋嵩

從整體上對東君的小說進行歸納與評價無疑是困難的，這主要是由於他長期以來對小說（特別是中短篇小說）藝術創新性的自覺追求，從題材、情調到語言、形式，幾乎每一篇都有特異而匠心獨運之處。我傾向於用「靜夜行船」的來概括自己對小說集《聽洪素手彈琴》的閱讀感受。

作為一個出生、成長於溫州的作家，書寫江南水鄉稠密的河網、濕潤的霧氣、綿延的樂聲和搖曳的燈影似乎是題中應有之義；但東君並不滿足於僅僅對這些元素作具象化的反映，而是將靜水流深、優雅從容、迷離恍惚的水上風景發展為一種獨特的風格。

這種靜夜行船的感覺，最明顯地體現在〈長生〉中。這也許是東君小說中結構最簡單、敘事最曉暢，意義也最單純的一篇了。其結構甚至簡單到可以用「隨波逐流」四字來概括，通篇即是寫一個名為「長生」的老人對自己一生經歷的回顧和對人世滄桑的感慨。在小說中，「我」發現「不知道為何，我與長生聊天時，語速也慢了下來。我想我的語速已接近於流水的速度、船行駛的速度。」而這也就是小說敘事的速度和情節推進的速度。作者似乎一直在提醒自己要慢一些，再慢一些；老人的講述中偶然會出現波折，但很快就

像長河中的漣漪，漸漸散開，又回復到最初的從容。而躺在船上靜聽汩汩水聲，消受整個下午的散漫的「我」，也由此悟出了人生的真諦，那就是放下一切身外之物，去追求內心的平靜和滿足，哪怕只是去「熱熱地吃上一碗魚丸麵」。〈長生〉中的船是真真實實存在的，而在反映佛教題材的小說〈黑白業〉中，雖然沒有真實的船出現，但是作者使用了「渡船」這個佛教文化中讀者耳熟能詳的意象，並通過「共渡」和「自渡」的辯證關係來化解主體的存在焦慮。

〈長生〉將關注的目光聚焦於長生和胡家的私人史，同時又不忘將其置於大歷史的長河中加以淘洗、沉澱，凸顯出東君對於歷史敘事的興趣；而〈黑白業〉則從佛教文化的角度切入現實，並超越性地延伸到形而上的思考。歷史和文化是東君小說的兩個重要出發點，而作為二者結合點的傳統文化，更成為東君著力強攻的方向。短篇小說〈聽洪素手彈琴〉正是這一努力的結果。此文甫一問世，便以其古意盎然的情調、沖淡疏雅的語言、委婉細膩的敘事，以及深具現實關懷的主題而贏得廣泛關注。小說故事看似圍繞古琴藝術的時代境遇而展開，實際上觀照著傳統文化

心態、以及由之生發出的人生態度與資本勢力橫掃一切的當今社會的對抗。小說開頭便有個饒有趣味的細節：徐三白的師妹洪素手不喜歡咖啡的味道，「感覺有鐵銹味」；徐三白則搬出師父顧樵的教誨「彈古琴的人一定要學會喝咖啡」值得注意的是，徐三白邀請師妹去的是一家「星巴克」，這顯然是一個「全球化」的隱喻，它和徐三白來上海所乘坐的飛機、洪素手所從事的電腦打字工作，以及後文出現的高層建築擦窗工「蜘蛛俠」共同框定了一幅現代化的圖景，而「古琴」這種前現代的樂器和它所承載的生活方式、文化心態，與這幅圖景格格不入。同樣是彈古琴的人，顧樵、洪素手師徒二人卻代表著兩種截然不同的文化取向。作為徒弟的洪素手，身上帶有濃郁的「文化原教旨」色彩。與其他樂器多多少少帶有的表演性質不同，古琴「難學易忘不中聽」的特性決定了它接受面的狹窄，「因為不中聽，所以無人聽」，能娛己而不能娛人，卻正合了洪素手的心意。古琴之所以能成為中國傳統文化的一個象徵，正是因為這種澹泊、內斂、封閉、略顯孤僻而又需要悟性的藝術形式，與中國傳統文化的主旨相契合。反觀作為師父的名琴師顧樵，他能

從洪素手的琴聲中聽出古琴之「正味」、「本心」，對於古琴藝術以及傳統文化的本質和精髓諳熟於心，行為舉止之間卻處處體現出變通、修正的傾向。究其本意，是出於對時代車輪碾壓傳統藝術的擔憂和恐懼，以及挽救、傳承傳統藝術的長遠考慮。但他的變通努力卻因放低身段的無底線而氣節盡失，呈現在讀者面前的甚至是一種「奴顏婢膝」的姿態。如果說他力圖實現「古琴」和「咖啡」這一中一洋、一古一今的融合還只是因為文化之間的張力太大而顯得怪異，那麼，他以每小時二百塊錢的價格去唐書記面前「獻藝」、將琴弦換成鋼絲、聽任雇主打斷自己的演奏等等行為，則自甘卑微得幾乎讓人悲憤了。

面對「會用英文背《孝經頌》」的唐老闆的步步緊逼，洪素手由拒斥到抵抗，甚至做出了拿香爐砸唐老闆這一與自己性格出入極大的舉動；但顧樵對待弟子，卻先是「打圓場」，繼而「喝斥」，直至「抽了她一記耳光」，對唐老闆則是「就差跪下來求情了」。在權力和資本面前的一味退讓，最終導致了師徒二人之間的隔閡以至分裂。洪素手出走事件深刻反映出傳統藝術和傳統文化在資本霸權面前的孱弱無力。但更令人感到悲哀的是，出走之後的洪素手並不能全身心地投入她心儀的藝術中去，恰恰相反，迫於生計，她雖然帶了一張琴，卻一直沒有彈過，而是去一家公司當了打字員，甚至不敢告訴同事自己是學過琴的，「怕污了先生的名聲」；而她原本打算託付一生的愛人小瞿，卻在找到了一份高層建築擦窗工的工作之後，不慎從二十多層高的銀行大樓視窗墜落。

在這個時代與社會中，哪怕你躲到天涯海角，都逃不出資本勢力的魔爪；那種傳統文化中「一簞食，一瓢飲，在陋巷，人不堪其憂，回也不改其樂」的理想生活早已是明日黃花。但正如《黑暗的時代》的序言結尾，漢娜‧阿倫特曾向世間宣告：「即使是在最黑暗的時代中，我們也有權去期待一種啟明（illumination），這種啟明或許並不來自理論和概念，而更多地來自一種不確定的、閃爍而又經常很微弱的光亮。這光亮源於某些男人和女人，源於他們的生命和作品，它們在幾乎所有情況下都點燃著，並把光散射到他們在塵世所擁有的生命所及的全部範圍。」顧樵的眼淚，正是因為在黑暗中逡巡太久、被那種「閃爍而又經常很微弱的光亮」刺激而流。

此外，〈聽洪素手彈琴〉可以被視為

一篇關於「聲音／音樂」的小說，東君在其中實踐了自己獨特的「聲音的詩學」，那就是在沖淡平和的旋律流動中積蓄音響爆發的力量，波瀾不驚之下卻暗湧著悲憤和憂傷。小說開頭所引用的葉芝詩句（「我聽那些老人說：／『一切美好的東西／都像流水般地永逝了。』」），恰如其分地點明瞭東君小說的幾個常見主題：老人、流水般的緩慢流動感和對「美好的東西」消亡的惋惜與惆悵。同樣是寫師徒兩代人，與〈聽洪素手彈琴〉中顧樵、洪素手在觀念上的巨大分歧不同，朱仙田和蘇靜安的觀念乃至做派都一脈相承。正如蘇靜安在恩師朱仙田去世後所說：「我感到自己就像一個至今仍然活著的古人。早些年，我追隨朱老師一起走進了古代，現在已經回不來了」，而這種所謂「活著的古人」，除了指蘇靜安一生致力於研究的古代學問，更多的是其舉手投足間透露出的以恃才傲物、怪誕不羈為特徵的「名士風度」。他給「我」留下的最初印象是「刻板而又風趣，放誕而又內斂」，相互矛盾的性格因素被封裝於同一個靈魂之內，保持著一種微妙的平衡，但又有發生扞抗的可能。

個人價值信仰的堅守，終究敵不過世俗社會金錢崇拜和個人享樂主義的衝擊，心靈上的森嚴壁壘在恩師撒手人寰、其子女為萬元遺產反目成仇、妻子又拋棄自己重回前夫懷抱等一系列打擊下逐漸出現裂縫，直至土崩瓦解，以一種心智失常的形式去追隨自己導師和精神支柱而去。作者對蘇教授結局的設計固然令人唏噓不已，但除了對精神高度的追問和求索，小說中更出彩的是對王致庸、蘇太太、保姆小吳、朱仙田長子朱溫等一系列丑角形象的塑造。

這一特色同樣體現於短篇小說〈夜宴雜談〉。在小說中，一群身分各異的人被集結於顧教授張羅的夜宴，但主人自始自終沒有露面，小說的全部情節便是對這群人在等待過程中對話的記錄。讀者可以發現，每當作者想要表達肯定態度時，其態度總是顯得遊移不定。例如，人們通常會對花幾十年時間去考證一部抄本小說的作者這樣的冷門學問持一種敬佩的態度（這也正是〈蘇靜安教授晚年談話錄〉中「我」對研究那些「失傳文字」的看法），但作者很快就給出另一種不同的聲音：倘若連這個抄本的確切年代都成疑問，這種考證又有什麼意義呢？而與這種態度的遊移形成鮮明對比的，則是作者對

昆曲女伶「忙吃飯」、不喜歡邏輯學的大學教授教邏輯學、畫家因新式馬桶誘發靈感而繪出「美婦如廁圖」等軼事的爆料和揶揄。在這幾篇以高級知識份子顧教授、蘇教授等人為主角的小說中，高尚、嚴肅的意義屢屢被消解，而諸多上不得檯面的隱秘則大行其道，就像一齣歌劇裡荒腔走板的村野小曲擠佔了詠歎調的位置。這種不同尋常的焦點偏移帶來了怪誕的閱讀感受，也使「尬笑」成為東君小說的一個獨異之處。

在〈聽洪素手彈琴〉中，東君向我們展示了一個弱女子和她所代表的傳統文化在資本霸權面前的悲壯抵抗，而到了〈如果下雨天你騎馬去拜客〉中，這種無力的抵抗也無影無蹤了，取而代之的是不同背景的人在利益驅使下的合謀。這個乍一看上去不知所云的題目出自小說中人物之口。「在山裡面住著，有時候你會覺得自己回到了古代，如果下雨天你騎馬去拜訪一位老朋友，會是怎樣一件美好的事。」，「頂好是主人不在家，你又帶著一絲遺憾回來」。兩個「海歸」的對話頗有《世說新語》中王子猷雪夜訪戴「乘興而行，興盡而返」的境界。但隨著情節的推進，「名士氣」逐漸被「銅臭氣」

所取代。風水先生從阿義太公的背影中看出了「莊重的緩慢」和「現代人嚮往的慢生活」，最終卻將其在網路上炒作為「現世神仙」，和幾位來歷可疑的修行者一起成為推廣「慢生活」的代言人。在錢如山泉一般流入「三海龜」口袋的同時，他們曾經提出的那個問題——「世界金融危機會影響阿義太公的生活嗎？」——也自然有了答案：阿義太公原本清靜無為、與世隔絕、和自然融為一體的生活早已成為過去，如今的他也不再是當初那個「不想見外邊來的人」的孤僻老頭，而是被「電話」裏挾進具有後現代意味的消費主義進程，感慨「世上光陰好」。在小說的前半部分，東君有意識地對自己慣於操作的神秘主義因素進行了戲仿和改寫，其風格與結尾形成了明顯的反差，以連續的不協和音營造出強烈的反諷效果。

這種反諷意圖在《風月談》中表現得更為明顯。這群「古人」的所作所為、所思所想卻無處不帶著二十一世紀之初中國社會的影子。從古至今讀書人身上的通病——固執、遲鈍、懶散、愛發牢騷、文人相輕等等，在主人公白大生身上得到了淋漓盡致的展示。其迂腐又不乏可愛之處的行為，深刻詮釋了「百無一用是書生」

的古訓。而無良書商盜用名人名義刻印偽書、潦倒文人為糊口而炮製文化垃圾等情節，亦於嬉笑怒罵間暴露了出版界的亂象。小說題為〈風月談〉，而通觀全篇，除去種種文壇怪現狀走馬燈式的閃現，所談風月，無非就是白大生科舉落榜後流連青樓、湊八百兩銀子欲為素女贖身而被騙之事。其故事原型，似可於「三言二拍」中覓得一二；而作者又在此基礎上加以戲擬調侃，一語驚醒在春夢中意淫已久的讀書人。東君有意在〈風月談〉中營造一種眾聲喧嘩的音效，搭配上在其中短篇小說中並不常見的快速敘事，寓當頭棒喝於紛亂嘈雜中。

初登文壇的東君以一種通俗小說的形式和「中國套盒」式的結構完成了文體實驗，而貫穿始終的神秘聲音又為這一實驗增色不少。〈范老師，還帶我們去看火車嗎？〉這篇神秘主義色彩濃郁的小說同樣披著通姦和謀殺的外衣。作者將故事發生的地點設置在雖處於當下這個年代，卻「還停留在那個蠻荒的年代」的菊溪；這裡的人無不渴望著離開「這鬼地方」，或是期待通過修路與外界相聯繫，唯有來自省城的范老師將此地視為世外桃源，擔心修路會「毀掉」這個古村。幾乎每個人都

有不可告人的秘密，而這些秘密的源頭都指向人類最原始的生理欲望。在小說的結尾，作者終於點明了范老師反對菊溪與外界聯繫的原因：他企圖維持山村封閉、蒙昧的現狀，是因為他擔心民智的開啟會動搖通姦風氣的基礎，進而影響欲望的滿足；由此，他以欺瞞的方式徹底撲滅了姚家妹子走出山村的希望，隨即佔有了她的肉體，實現了長期困擾自己的欲念，並不惜為此搭上女子的性命。故事發生的地域、人物、情節都帶有明顯的寓言色彩，那種籠罩整個山村的神秘、詭異氣氛很容易讓人聯想到韓少功〈爸爸爸〉式的蠻荒之境；而對原始生理欲望的張揚、以及山村居民在欲望驅使下的所作所為，亦頗具1980年代尋根小說的遺韻。至於〈異人小傳〉，十餘則短制，篇篇言簡意賅，寥寥百餘字、至多幾百字即構建起一個想像力無比瑰麗神奇的世界；〈快刀‧慢刀〉、〈讀信的人〉、〈木心〉、〈怪耳〉、〈寂寞的理髮師〉等等篇側重於志怪，其餘諸篇則傳奇色彩顯著，皆可視為《太平廣記》傳統在二十一世紀的回聲。

【宋嵩，文學博士，中國現代文學館助理研究員】

中國夢的焦慮
讀文珍小說〈我們夜裡在美術館談戀愛〉
及〈安翔路情事〉

黃文倩

人間出版社

一

〈我們夜裡在美術館談戀愛〉（2012年，以下簡稱〈我們〉）開篇在一個渴望「被看」卻沒有獲得回應的沮喪：

你不懂得。你們不懂得。那是一種很有趣的體驗，深夜在荒無人煙白天卻人聲鼎沸的公眾場合，只開一半的燈，剩下燈光下被隱約照亮的兩個人，互相辨認著輪廓，就好像第一天認識彼此般乍驚又喜，那種感覺多麼奇妙。

我轉頭的一瞬流下眼淚。你沒有看我，繼續往前看著別的畫作，似乎全神貫注。……請看著我，看著我一個人就好，在這個過於美好的夜裡，我將是你面前唯一的畫作，唯一的女人，唯一的世界。

女主人公即將離開北京城去美國紐約留學，臨行前相約同居多年的男友在美術館告別，原以為男人會深情款款依依不捨，但男人雖然並非沒有不捨，倒也能繼續看見／觀察外在世界（展覽），女人期望成為聚光燈下的焦點與對方心中的唯一，但她卻不願意多付出與再留下來。在這段發達資本主時代北京城的愛情裡，兩人都意識到，「愛」已經不足已支撐兩人的關係。整段細節及幽微的指涉，可以被視為一種看與被看的視覺政治的症候──一種大陸新世紀以降兩性與社會關係的新現實縮影。

以兩人的隔膜為起點，文珍進一步鋪陳她的小說敘事。這是一個新世紀北京的女主人公，知識水平不低，與同屬知識分子階層的男友在北京同居多年，男友對她很好，希望結婚生子，雖然一直買不起商品房，倒也能中規中矩的在體制內打了準備結婚分房的報告。儘管女主人公覺得兩人在一起並非沒有幸福，但長期同居的日常與世俗的瑣碎，長期僅能扮演著一顆小螺絲釘的卑微，均讓她難以再忍受。小說以女主人公的視角，描述屬於他們的尋常日子：「二〇〇八年八月的你朝九晚五，下班回家和我一起在公交車上用3G手機看中國小將如何險勝韓國射箭隊。血

液賁張不為民主自由公正只為體育精神。偶爾唱一次歌也不是〈國際歌〉而是周杰倫的〈青花瓷〉；路過天安門也不過低低垂下眼睛，王顧左右而言他。」主人公們過的看似「現代」，事實上只是活在一些個人式的器物感覺的現代性裡。

很明顯的，〈我們〉中的女主人公是一個已然轉型為現代性意義上的女主人公，作為一個已經受過現代啟蒙的小知識分子，她有一種不想依附或靠向傳統與主流世俗的選擇與意志，她想要探問更多與更大的生命意義與價值。所以，女主人公不時地向大她十餘歲的男友詢問他當年曾參與「六四」的經歷，企圖以愛人參與過的「六四」事件（那時男人剛大一，就讀北京某名牌大學）來獲得一種精神救贖。但男友對此總是保持沈默，不但認為她過於天真，同時對於昔日的社會主義革命的理想、對民族、家國、信仰，似乎均陷入一種犬儒狀態。小說中也並未能再展開男人擱置歷史與莫測高深的主體形象的深入邏輯。

某種程度上，〈我們〉中各式百無聊賴的日常景觀與這對情人必然分手的關係，或許可以看作對大陸步入「具有中國特色的社會主義」的資本主義現象的難以回應的一種結果。女主人公渴望轉向至另

一個彼岸，尋找新的意義，無論是為了重構與想像中的革命歷史，甚或只是投奔一般的浮華生活，均不能不說有其生命自我更新的合理性。是以文珍也不時地讓女主人公的話語和調性充滿自嘲與譏諷，畢竟新世紀「娜拉」的再次出走，更多的是為了一種個人式的中國夢。

二

文珍的短篇小說〈我們〉處理了小知識分子，尤以女性小知識分子在大城市的浮沉命運與下一個新階段的選擇。在中篇代表作〈安翔路情事〉（2011《當代》第2期，獲2014年第五屆老舍文學獎中篇小說獎），文珍另有一種底層視野，透過在北京安翔路上賣麻辣燙和灌餅的青年男女主人公的情感與命運發展，連動地反映了大陸新世紀以來，從底層視野下的另一種中國夢與焦慮感。無論從內容和藝術而言，〈安翔路情事〉明顯地更細膩與具有社會分析的深度。

不同於石一楓〈世間已無陳金芳〉的女主人公的出場時的「土」，〈安翔路情事〉的女主人公小玉一開始就被塑造為肌膚白皙緊實、外貌條件好，又年輕，出身哈爾濱，嚴格來說並不能算是「底層」，但當她和姐姐從哈爾濱來到北京大城市後，卻也只能以在安翔路上賣麻辣燙／小吃的工作謀生。但她有自知之明和自尊心，安翔路上總不缺對她有興趣的男人。然而，初入北京大城，涉世未深，尚有著一些純情的小玉，她更執著於想獲得一種強烈與飽滿的愛情，因此不願意依照姐姐的暗示與建議，跟比較有錢的「能人」小方在一起，寧願選擇另一家賣灌餅的小吃攤的小胡。小胡是農村青年出身，但從小玉的最初的情人眼裡所看見的，卻是：「個子高撐門面，皮膚不白，看上去卻並不土，是城裡人流行的古銅色。還愛笑，看上去總樂呵呵的。」同時她還喜歡小胡的現代性式的上進，除了賣小吃，小胡偶爾在店內亦讀書，讀的是《新概念英語》，小玉看著他覺得：「那姿態就是動人的。」

女主人公看上小胡，關鍵仍是「城裡人」與「現代」的標準與想像，但她已然同被現代性生產出的細膩與實用理性，更讓她在交往的過程中，一步步發現兩人性格和價值觀上的距離與差異。因此〈安翔路情事〉以「情事」的發展和變化作為主要情節，在美學上的具體性、豐富性和感染力可以說比〈我們〉更為有效且成功。

小說第一個主要的情節轉折，就在小玉開始擴充「現代性」的物質之後──

暗戀小玉的小方，有一天帶著小玉和她的姐姐一同去看電影《阿凡達》。小玉瞧不起姐姐僅僅因為小方請客，「眼皮子這麼淺」地就想將妹妹推向小方，反而升起了一種企圖抵抗世俗的叛逆意志，瞬間強化了對小胡的傾心，這種傾心除了最初階段的「城裡人」的想像，至此亦帶入現代通俗社會媒介的影響：「像日劇裡的那個什麼木村拓哉。他也從不像阿杜小方這些人亂獻殷勤，卻不知道女生就吃這一套：酷一點，就是要酷才賣座。她打賭小胡不知道自己招人喜歡。她有點可憐他，也可憐自己。」

兩人正式定情的地點／空間，是在充滿著大城市現代性意味的「鳥巢」，而不是他們的工作與生活核心的「安翔路」，這樣的設計可以說是一種反襯，預告了他們日後情感與命運的斷裂的必然性。小說的整體敘事結構仍與情感發展同構，起於第一節：「鳥巢」，轉折回到「安翔路」，過度在抒情與哀婉樂章的第三節：「圓明園」，最後仍又回到主循律的第四節：「仍然安翔路」。

最初，他們在「鳥巢」和「水立方」週邊散步，一直到「鳥巢和水立方的燈早關了，他們卻還在路上」，這無疑是個隱喻，「鳥巢」之於兩個北漂的底層青年而言，只能是生活中的一種偶然的點綴，甚至不能看作小說的背景。小說的主要空間，還是在開小吃攤的「安翔路」上。因此，到了第二節，就在「安翔路」的對面的路上，開了一條安翔路食街，而原來的「安翔路」主街道上的小型市場可能要拆遷，這些條件的轉變，在在影響了小玉的麻辣燙小攤的生意。同時，隨著兩人情感關係的確定，現實經濟的世俗與壓力，亦讓她不得不正視小胡的「條件」，開始弱化觀看小胡的「木村拓哉」式的眼光。從一些兩人相處的小細節中，小玉慢慢得知小胡的農村家累。她被資本主義調動的「個人」主體性，再度讓她回到「自我」：「小胡知不知道她是犧牲了多少人的喜歡才和他在一起的？他知不知道？」當然小胡對小玉仍是好的，在生活和工作上都幫助她許多，在情感上也體貼地維持她的自尊，但在生活困窘的壓力下，兩個人的矛盾愈來愈多。

就在安翔路確定要遷，麻辣燙的攤位被迫將撤離，小玉和姐姐決定暫時回到哈爾濱。男女主人公遂在「圓明園」展開一場約會與談話。小玉心中已然決定要分手，她不可能跟隨小胡回到農村過日子，儘管她不知道自己還能有什麼樣的豐盛富饒的一生，但至少知道她不想要的世界。

作者不時以全知的觀點或女主人公的心理書寫，來為小玉辯護：

> 她不是個貪財的人。她只是心氣高，不想那麼快對這個城市認輸。……小玉想：「我只是想隨便坐一輛什麼汽車裡面，只笑不哭。」已經見識過大城市的小玉不願意回到農村過著可能日復一日的日常與世俗生活，不願意生活裡只是種地、生孩子、照顧家庭。

小說第四節「仍然安翔路」的寫法甚至有超視的眼光，作者以全知的視角，描繪出被人遺忘的、介在大北京城裡的相對位置的「安翔路」，即使位在具有中國崛起與現代性象徵的建築物與都會化的設施中，它與眾多北漂的小人物的命運，終究形成了一種隱喻式的同構：

> 盤古往南一千米，就是奧林匹克公園南區，裡面有一個建築物叫鳥巢，毗鄰的藍色方形建築就叫水立方。再往西走一千米，就又回到了這條街上：著名的中國音樂學院的正門就開在這街。
>
> 就在巨大的液晶電視屏幕和渺小

的中國音樂學院之間，這條與北辰西路平行、京藏高速以南、健翔橋以北的街，就叫安翔路。

> 安翔路和鳥巢一樣名副其實，安靜地蟄伏在巨大的LCD屏幕污染源下，如同一個孩子縮在角落裡玩捉迷藏，結果真被人遺忘了。

小玉對分手有沒有後悔？她是後悔的：「她最稀罕的人都被她的貪財愛慕虛榮氣走了」。但這個被現代性與城市啟蒙、開了眼界（儘管目前只限於一些世俗物質生活）的女孩子，她仍舊覺得自己不可能再回到過去農村時代的生活。小說的情節發展，愈到男女主人公將分手之際，情感愈形強烈，調用的詞彙也以層疊累加的修辭，強化小玉對小胡與北京城的「愛」：「她所熟悉的、深愛的、痛恨的、來不及要扔下卻又永遠忘不掉的微笑。……還有不到十個小時她就要離開這個城市了，也許是暫時，也許是永遠。」

〈安翔路情事〉最終仍收在一種戲劇化如電影般的對望中：

> 她眼睛直直地看進灌餅店裡，裡面那個身影果然停下手來。就像電影裡的慢動作。……真的就像那個夢

一樣小玉想，小胡在夢裡面遠遠地看著她，既不說話，也不過來，看不清楚表情。就像最初一樣，就好像從來沒有看見過對方一樣：他們看見對方了。隔著街道，他們安靜地，天長地久地，望著彼此。

很大程度上，這段細節顯得過於抒情與戲劇化，被拋棄的小胡仍很快的恢復了日常生活，繼續回去做灌餅，但小玉卻浪漫式的找了他一夜，最終發現他仍然、竟然還能工作，她心中充滿少女式的悲傷，那種想要成為聚光燈及被凝視的欲望如此強烈，但更具有悟性及深刻性之處，或許仍在於，文珍與女主人公都體會並明白，這種看與被看、這種被凝視的渴望，根本上無法成全與推進兩人的關係，對方僅僅只能是你／妳生命中的一種客體及審美對象。

三

整體上來說，〈安翔路情事〉的結構比〈我們〉要來得更完整且具有社會分析的深度。它以中篇小說的篇幅，有效地濃縮與處理了安翔路上的兩個北漂小販的戀愛的發生、關係的確立、情感的變化轉折與再消逝，同時聯繫上大陸城鄉巨變下的城市空間轉型與變化，由此體現一種大陸底層青年男女在城市發展的命運、情感與社會發展的困境。

同時，〈我們〉和〈安翔路情事〉均不時使用看及被看的視覺化藝術。小說處處散布著女主人公被現代性調動後，渴望能成為被看／被凝視的主體。而當時序已來到了二十一世紀，我們已經不能夠簡單地以《包法利夫人》或《嘉莉妹妹》的邏輯來譴責她們的虛榮，她們對社會和情感，實不能說犯下什麼嚴重的錯誤，小玉的輕淺的虛榮心，甚至可以說更具有「現代」的典型性。男性在發達資本主義的世俗社會的上升或發展亦另有心酸、委屈與難度，但文珍跟石一楓選擇「陳金芳」一樣，都將代表作的重點放在女主人公的身上，證明文珍有相當程度的現實主義社會分析與情感結構的掌握的才能。終究發現了在一個大國崛起的時代與時勢下，無論是小知識分子或底層人民，在新型態中國夢的理想與召喚下，生命中不得不暫時擱置／抑制真情的焦慮及困境。

【黃文倩，淡江大學中文系助理教授】

時間的限度與現實之痛
文珍小說集《氣味之城》

李振

「我們都不說話，因為沒什麼話可說，更怕一開口就破壞了這種完美的氛圍。此時，此刻，兩個和平時狀態截然不同的兩個人，好像被命運欽點了的兩個悲劇演員，在燈光下彼此相認。」〈我們夜裡在美術館談戀愛〉的這番感慨，猶如文珍的小說與讀者的關係，那是一種沉默的溝通，在特定氛圍裡的共鳴，小說中的故事映照著當下的我們卻並不構成情感或道德上的負累，闔上書，心潮湧動又兩不相欠。這大概是一種頗為安逸的狀態，或者是小說有所求又有所止的分寸感。

〈氣味之城〉開始於房間裡熟悉的氣息，但這氣息中又多了一絲破敗與悶憾，「貓不知去向，連同她」。其實他也說不清她為什麼會離開，以及什麼時間離開。「只是悶」？這個理由似乎是他不能接受的，至少不那麼充分。因為在他的意

識裡，好時光就在眼前，他騎著單車載她去上班，即便是炎熱的夏天也會貼在他濕漉漉的背上；他們會在車水馬龍的街頭吃便宜的臭豆腐並視之為世間美味；會在雨後的庭園散步，在陽臺上一起抽煙。好像一切都在繼續，並沒有什麼變化，但他所不知道的，是女人心中湧動的逃離的決心和「像看一個路人」一樣的眼神。時間在男人那裡似乎停止了，停止在最好的時光，結婚之後的日子更多是歪在電視前，「只不過就是白天工作一天太累，回家後總覺無話可說」。但這種空洞並不對他形成困擾，反而帶有了一些「理所應當」。但是，女人的時間還在繼續，其中卻少了另一個人的陪伴。她就像漫漫征途中眼睜睜看著同行者逐漸走失的旅人，除了「悶」，還要面對望不到頭的路程和無法消磨又日益難熬的日子。於是，二人的時

間完全錯位，男人永遠慵懶地徘徊在一個被終止了的記憶裡，而對於女人，「生命太長也太悶了，當然也許你並不覺得」。

氣味在小說裡印證著時間的變化。它是當年的KENZO一枝花，令他「十分懷念的一種花果甜香」，是「剛剛切割過的青草氣」，是蛋炒飯「充滿幸福的焦香」，但後來卻變成「奇怪的米爛陳倉之氣」。男人對氣味的敏感在小說中呈現出某種奇妙的意味。他會對家中氣息的變化憂心忡忡甚至坐立不安，會懷疑什麼東西變質而檢查家中的每一個角落。他能夠發現飲水機後的大團貓毛，發現花盆底的蚯蚓，發現貓身上乾燥後的口水，發現冰箱裡冰凍三個月的魚，卻無法真正發現妻子內心的失落與孤獨。嗅覺上的敏感不斷映襯著情感上的愚鈍，或者更確切地說是情感上的懶惰。七年裡，他從一個周身散發著勤勉、熱情、在黃昏中等待戀人下樓的男生變成了「一個讓人生厭的中年男人」，不再有鮮花，極少一起散步，坐在沙發上對擦地的妻子無動於衷。懶惰讓人常常把責任推給時間，認為是時間的

打磨使感情漸漸消逝，因此文珍會在小說裡突然嚴肅起來：「某項調查說，婚姻生活裡，女性會自然而然承擔超過總量七成的勞動，每天付出大約2.8個小時在家務中，約為男性的二倍多。」然而，這種嚴肅一閃即過，小說並沒有變成對家庭義務或分工的枯燥追問，它不無諷刺地給了丈夫一個自省的結局，使這個結局依然停留在「當年」。當年的美好置於當下會顯得殘酷無比，「當年」的愉悅亦無法真正彌補這七年裡的冷漠、空洞和絕望，而男人對「當年」的沉醉也似乎證明著他終將像一隻圍繞龜殼團團打轉的貓，渴望又無從下嘴──未來的時間可能有所改觀，卻也不會變得太好，時間或象徵著時間的氣息可以把婚姻或現實的矛盾柔軟地包裹起來，卻並不能真正提供一個指向具體生活的解決辦法。

如果說〈氣味之城〉對時間及其內涵的講述更多地處於日常生活層面，那麼〈我們夜裡在美術館談戀愛〉則把筆觸伸向了青年作家們不願涉足的歷史。當下於〈我們夜裡在美術館談戀愛〉中被縮減為

一個固定的座標，那就是半小時之後必須關門離開的美術館。於是，在這如獨幕劇般緊湊、拘束又急迫的場景中，故事變成了穿越時空的內心獨白。小說不斷在計算著時間——「半小時」、「最後十分鐘」、「最後五分鐘」、「最後兩分鐘」、「最後一分鐘」——現實世界的不斷壓縮伴隨著內心越來越深遠又緊迫的追問：從1989年夏天的北京一直延伸到1900年的北京。文珍把這種追問裝扮得十分富有文藝氣，那是即將離別的戀人在最後的時間裡近乎淒涼的遐想，如果我們在那時相遇將會怎樣？然而，這個言情戲般的橋段卻在小說裡被百年中國沉重又悲愴的重大歷史事件填滿。這時候，歷史才與當下建立起可靠的關聯。雖然文珍對每個歷史事件的書寫都充滿著強烈的政治隱喻，但小說始終是指向當下的：曾經心懷理想熱血沸騰的青年開始顯露出「一個中年人穩妥的姿態」，「二十年之後大廣場仍然成為夜晚的禁地」，「血液賁張不為民主自由公正只為體育精神」；而「我」也並沒有因為對歷史的追問而變得狂熱，「其實明知

道我追逐的不過是一個幻影，一個幽魂，一個亡靈」。

時間的長度我們當然無從知曉，但我們清楚時間所承載的事件的邊界，或者說只有當時間承載著某個與我們有關的故事才會產生意義。然而這些意義在文珍那裡略顯悲觀與尷尬，抑或這本身就是她的創作所求。她在有限的時間裡書寫著無限的記憶與想像，或因它們的過分美好而映照著眼前的局促與乏味，或因它們的理想、道義、責任而映襯著當下的單薄、日常與卑怯。當然，文珍也絕非要在暢行無阻的時間裡去衡量孰輕孰重或辨明是非，她在講述著時間的限度，那是一個充滿遺忘、漠然、無奈又同樣存活著堅守、珍視與理想的空間，構成了需要以小說去展示其複雜與彈性的現實所在。

時間終將在現實中過去，而現實又常常將理想甚至是逃避之途殘酷地粉碎。

〈安翔路情事〉並不算一個多麼重要的「事件」，它可能每天都在發生，但對當事人來說卻會成了一個生命中過不去的坎兒。外地來京的小玉和姐姐賣起麻辣燙，

本來生意紅火，姐妹倆也受人追捧，可這種忙碌又平靜的生活卻在「老胡灌餅」開張之後被打破。「老胡灌餅」的老闆是小胡，說是老闆，其實也是攤餅夾菜憑手藝掙飯的辛苦人。不知怎麼，小玉開始在心裡不斷對自己說：「張小玉，你完了，你是真的愛上這個灌餅胡啦。」之後當然是糾結、試探、矜持、從敞開心扉到皆大歡喜。小說把小玉和小胡情感的「啟動」寫得異常緩慢和艱難，小玉總是那麼急，小胡總是那麼悶，但不管怎麼說，兩人到底是明白了相互的心思。至此，小說其實僅僅完成了一個鋪墊，而「事件」剛剛具備了發生的可能。安翔路的門店即將拆遷，小玉和小胡也就不能只停留在風花雪月裡，而不得不面對現實的選擇。小玉留戀著北京，小胡卻圓不了她的夢。當分別在即，小玉必須接受現實卻又心存不甘：「我也想和你天長地久在一起，可我們會窮多久？胡，我們會一直這麼窮下去嗎？不管是你和我回去，還是我和你回去，我們都全一直這麼窮下去嗎？」小玉算不得愛慕虛榮的人，但「窮」卻成了現實地梗

在生活中的一根硬刺，在活下去面前，愛情常常虛弱無力。〈安翔路情事〉擺在我們面前的不是一道愛情還是麵包的選擇題，而是一種群體性的生存困境——他們拼命地生活裡掙取活路和尊嚴，但現實卻連成全他們一段戀情的機會也沒留下。

面對感情與現實的衝突，有人選擇逃離，〈銀河〉因此鋪開了一條私奔之路。但是，〈銀河〉裡的私奔絲毫沒有激情澎湃或如釋重負的解脫感，相反，「老黃收到條短信突然就情緒失控了」。私奔之路因此在小說裡十分荒誕地變成了解密之路。在一系列的焦躁、猜忌、困惑和逃避之後，「一路上害怕的攤牌終於來了」：老黃已經五個月沒法還款，如此下去，房子就會被銀行沒收，以後也就再沒有貸款買房的可能。其實「我」也藏著三條跟老黃一樣的短信，「再次提醒您，如欠款超過六期，房產即將被銀行凍結」。那個令人充滿浪漫想像的帕米爾高原，那個「世界的盡頭」，在房子和貸款面前被無足輕重地打掃乾淨——看完了咱們就回去吧。他說。回北京。」在小說刻意呈現出的扭曲

的輕鬆語句中，彷彿現實根本沒把情感這回事放在眼裡，他們就像處於貸款、房產、工作這個世界食物鏈最底端的生物，銀行吃房子，房子吃我們。即便是〈我們夜裡在美術館談戀愛〉這樣更具文藝範兒的小說，看似與世俗生活沒太大關係，可「我」的去國離鄉也不僅僅是為了「追你的夢去吧」，它更多出於現實中的考量與掙扎，或者說是一個有知識的年輕人為改變命運所能進行的最大限度的努力：

> 我不願意孩子長大以後上議價幼稚園，議價小學，議價初中，議價高中，甚至議價大學。我不願意工作一輩子，甚至買不起一套安身立命的住房。在這個什麼事情都可以議價的國度裡，生命的意義似乎也變得游移不定，可堪商榷。你猜那些唐家灣的大學生們在讀公費小學時會知道自己十年之後將得到一個名稱叫蟻族嗎？十三億人中我們其實都是蟻族。因為變幻莫測的大時代裡無從掌握自己的命運。

無論是逃離還是駐守都離不開更大的「野心」，尋求正常的生活已經成為一種狂妄的野心。但是，小說似乎在用力阻撓著這些野心的兌現，在他們與他們的「理想」之間，房產、貸款乃至種種意外無不加劇著他們現實中的窘迫。就像文珍新近的小說〈張南山〉，除了拼命，徒勞的拼命，還有什麼出路？進入快遞行業的張南山無論面對怎樣的難題，依然想像自己是一顆能發芽的種子，要一點一點地紮進北京堅硬的土地裡，要想方設法長出一棵苗來，「在北京城紮根」。張南山們最不缺的就是吃苦耐勞的本事，如果殘酷的現實還不能讓他們清醒，那麼一個城裡的姑娘足以用冰冷的拒絕讓他們重新認識北京：「錢錢錢錢錢。連謝玲瓏這樣的姑娘都缺錢，這就是北京城。」

這些小說絲毫不提供什麼光明的尾巴或改觀的可能，甚至無法在那個現實的規則中頒發一個並不解決實際問題的「安慰獎」。它們把無法跨越的城鄉、階層的鴻溝刀砍斧剁般地築進故事裡，塑出那些身處底層無望奔忙的人們，揭出這個時代

難以克服的社會頑疾。小說給了那些想紮根城市或試圖改變命運的人以最慘烈的答覆。

文珍的小說裡更傾向於選擇時間的斷裂而不是延續，更願意表達人們於在時空裡的尷尬處境，而不是盲目追求史詩般宏大卻往往無的放矢的傳統。這無疑是一種富有時代性的言說方式，畢竟在現代社會及其審美體系中，時間、變化和基於當下的自覺日趨成為講述與闡釋的生長點。但是，文珍的小說又暗藏著某種與時間的斷裂、當下或日常生活隱隱較勁的東西，它伴隨著作家對當下的編排不經意地流露出來，讓小說在其時代氛圍之外欲言又止。〈我們夜裡在美術館談戀愛〉充滿儀式感的告別裡，「我」對於超越當下話語空間和現實價值的「歷史」的不斷追問，在一種時間的緊張感和歷史話語失去言說權利的壓迫感中完成了對歷史與當下繁雜關係的呈現。〈普通青年宋笑在大雨天決定去死〉於普通到乏味以至生無可戀的生活中，發現了一個普通青年的另一面，「他成了一個萬眾矚目的英雄，一個沒死

就已經成了超級英雄的一輝，鳳凰涅槃，浴火重生」。甚至在〈銀河〉中，私奔所象徵著的詩意和遠方與房子、貸款所明確的現實直到最後還在「我」的心中進行著較量，北京終要面對，「但我此刻在塔縣的賽馬場」。

因此，文珍對時間限度的把握要大於一個普遍的當下而又不至不著邊際，對我們即在現實的書寫不會充斥著個體的代入感而又絕不置身事外，它既是一種寫作的分寸，也是某種無法克服又恰到好處的情感或心理悖論的自然流露。正如人們對積極樂觀主義和活力的無限崇拜往往源自對自身或現實不可言說的沮喪與絕望，由此我們也可以反觀這一情感邏輯，文珍在講述時間限度與現實之痛中流露出的情緒，無形間構成了對虛無、斷裂等當下精神症候與現實困境反向的牽引和警示，當這些情節、語言、氛圍被組織成為文本的時候，即已實現了對自身的反叛，或者說這種寫作本身就蘊藏著某種抗拒的、不安分的力量。

【李振，吉林大學文學院副教授】

歷史與現實：
叩問與新生／聲──
兩岸「八〇後」青年
閱讀當代文學／小說
十家論壇

兩岸「八〇後」青年閱讀當代文學／小說十家論壇

前言

編者案（黃文倩）：自上個世紀八〇年代末大陸改革開放、台灣解嚴以來，兩岸現當代文學、文化雖然有一定程度的交流，但較多集中在「五四」時期的大家，以及出生於「五〇後」、「六〇後」等世代的作家、作品。對於更靠近兩岸當下的新世紀以降的作家、作品，以及相對應的社會、歷史、文化視野及感覺結構，明顯地閱讀有限與理解不足。儘管身在網路／互聯網的時代，但過於跳接與瑣碎的資訊／信息量，更多時候亦稀釋了進一步互涉與理解的空間。

因此，為了促進兩岸現當代文學與文化的深化交流、擴大兩岸青年間的問學視野與參照思考，並且聆聽與擴充新世代的聲音與接受視野，2016年12月11日，我們在淡江大學淡水校區的驚聲國際會議廳，舉辦「兩岸八〇後青年閱讀當代文學／小說十家論壇」（主辦單位：淡江大學中文系，協辦單位：台灣師範大學全球華文寫作中心、台北人間出版社、中國現代文學館、兩岸現當代文學評論《橋》）。由本人擔任計劃主持人，邀請來自兩岸各五位「八〇後」的文學青年（台灣：林哲謙、吳明宗、曾貴麟、陳奕辰、洪崇德，大陸：宮瑱、李大珊、吳丹鴻、陳冉涌、解蕾），以較直觀、印象及主體互涉的方式，相互閱讀彼岸「七〇後」世代的作家代表作（台灣作家代表：伊格言、黃麗群、徐譽誠、張耀升、林婉瑜，大陸作家代表：徐則臣、王威廉、文珍、石一楓、哲貴），最後由被評點到的作家親自回應、補充與延伸。

參與人數出乎我們意料之外的多，同時廣受諸多青年朋友們關注。然而受限於篇幅，本刊僅能刊出部分的修訂後發言稿，作為一種拋磚引玉。期望在「文學」窄化與沉寂的後現代，在互為她／他者的視野與觀照下，以新人／青年的真誠與銳氣，共同為下一輪的兩岸文藝復興累積一些春泥。

閱讀王威廉與哲貴

吳明宗

　　我的研究主要是當代兩岸戰爭小說，尤其又以大陸「十七年」文學與台灣五〇年代文學為主，對於大陸七〇後作家作品涉獵不多。此次，閱讀兩位作家的小說，帶給我許多研究視野外的樂趣。我先從王威廉先生的小說談起。

　　我所閱讀的是王先生的小說集《北京一夜》，裡頭收錄了八篇小說。綜觀這八篇小說，每一篇都有各自偏重的子題。然而，若要以一個關鍵詞涵蓋這些小說，我認為應該是「現實」二字。在〈北京一夜〉，敘事者在見到陸潔前揣測了各種可能，一直以來他也認為自己是個不排斥各種可能性的人，卻在面對「現實」的一刻感到虛幻；〈第二人〉中的大山則認為作家必須透過實際的體驗來感受「現實」，否則所有創作只是空談；〈父親的報復〉中的父親，以頑固的堅守做為他面對「現實」的姿態，他想告訴眾人自己比廣東人還「廣東人」，以此確立自己的身分認同；〈絆腳石〉則提醒我們勿忘歷史，從歷史看清當前的「現實」，如此才不會重蹈歷史的錯誤；〈聽鹽生長的聲音〉告訴我們面對「現實」，以及換個角度觀看

「現實」的重要性；〈書魚〉則以一種超現實透露書面文字正在消逝的「現實」；〈信男〉就某方面也與〈書魚〉一樣，說的是當代社會中關於「文學無用論」的「現實」；而〈倒立生活〉則給了讀者突破「現實」的啟發。因此，這本小說是一本關於「現實」的思考，它為我們展示了各種現實，也勾勒出面對現實的不同樣態。這些「現實」與我們所處的時代息息相關，我們或許可以採取與文本人物不同的方式，卻不能不直視、不去思考這些「現實」。

　　時間有限，基於閱讀興趣，在這裡我著重分享對〈絆腳石〉的閱讀心得。小說中，老太太希望帶著銅片回到外公外婆故居原址，將其埋在土裡，使微微露出的部分成為一塊「絆腳石」，她說：「它是不會絆倒任何路人的，它要絆倒的，是對人類犯下罪惡的人，是對這些罪惡無知的人，是還想繼續犯罪的人！」在老太太的引導下，敘事者終於也直視自己的家族歷史，那是關於大陸沿海地區當代發展歷史的一部分。閱讀這篇小說，我不禁感嘆：是啊！我們所需的正是面對歷史的勇氣，並且我們還需要更多的「絆腳石」。然而，我們需要的是源自歷史事實、以反省歷史為出發點的「絆腳石」，而不是為

了滿足特定意識形態目的，而與歷史凶手共謀的「絆腳石」。以反省歷史為出發點的「絆腳石」，可以打破歷史早已成為過去的無稽之談，因為歷史總以其它形式影響著我們當前的生活。因此，如果我們無法辯證地認識歷史，甚至與曾經犯下罪惡的人一同設下改造歷史的另一種「絆腳石」，那麼絆倒的不會是那些想繼續行惡的人，而會是更多即將成為受害者的人。從台灣的現況思考，這種與凶手共謀的「絆腳石」更是一個必須正視的問題，它使台灣人民對二戰乃至冷戰歷史在認識上出現有待商榷的問題，因而無法認清或者去面對所謂的「現實」。已逝的台灣作家郭松棻先生早在1970年代就曾以台灣對西方自由主義的接受為例提出警告，他在〈「打倒博士買辦集團！〉中曾寫道：「西方的人道主義、自由主義，因為其立論立場是消極的、守衛的，不是積極的、攻擊的，間接助長了『白人至上』的現況的拖延。若果有色人種，在政治、思想上還沒獨立之前，便跟著唱起人道主義、自由主義，那是白人所最樂意不過的。」從這個角度來看，王威廉先生的〈絆腳石〉對現今的台灣青年，在對歷史的思考上，提供了一定的警示。

哲貴先生的小說則帶給我另一種閱讀感受，他的小說聚焦於溫州，講述生活在信河街的「某某人」。在這本小說的序文中，施淑老師已針對其寫作背景做了精闢的分析，於此我將試著從另一個角度觀看這本小說。同樣的，若要給這本小說集一個共同的主題，我想應該可以說這些人都是一群試圖「找回初心的人」。亦即，儘管在作家筆下，這群「某某人」皆因一夕崛起的經濟而心理變異，然而在他們心中仍有其想保護或是想找回來的那塊淨土。例如，〈住酒店的人〉中的朱麥克，一心希望自己能少些商人的氣息，當他親眼看到佟婭妮在麗江的生活，朱麥克那顆試圖保留的初心似乎也得到了肯定；〈責任人〉中的黃徒手想克服自己因工作壓力形成的心理疾病，最終雖然成功了，卻發現自己愛上了心理師董小萱。可以說，黃徒手和朱麥克一樣，都希望自己的愛情能不受到溫州突然崛起的經濟影響，進而保持愛情的純淨。在這個狀況下，幾近完美的妻子郭婭尼只能讓黃徒手想到產業的擴張，而那不是愛情而只是一種「責任心」；同樣的，〈空心人〉中的南雨雖然喜歡魯若娃，然而他們兩人都明白自己想要的愛情不該參雜商業利益，因此魯若娃最終嫁給能在商業上結合的湯伯光。對此，南雨並不加以阻攔，兩人最終選擇把

心裡那塊屬於愛情的園地空了出來，成為保護初心的一種方式；〈賣酒人〉中的史可為一心想要拿回欠款，最後只拿回一批抵債用的葡萄酒。賣酒的生意雖好，史可為卻意識到自己還是只想經營眼鏡工廠，老老實實的賺錢。史可為想找回的，是那份辭掉教職投身實業的初心；〈討債人〉中的林乃界也相當有特點，他與諸葛妮之間的愛情，竟是在一無所有後才順利展開。在林乃界心中，諸葛妮與其他女性不同，可以說諸葛妮就是他的初心，因而唯有在斷絕一切事業上的糾葛後，林乃界才能全心愛她。可以看到，哲貴先生善於以「愛情」做為模型，在描寫文本人物追求那份屬於愛情的初心的過程中，巧妙的與溫州的經濟發展背景結合。在這之中，文本中的女性似乎又比男性調適得更好，這點相當有趣，暗示了女性在現實中可能比男性更能看清自身處境、更清楚自己要的是什麼。因此，無論是在事業或愛情，文本中的女性往往較為豁達自在。另一方面，愛情作為人類情感之一，文本人物對愛情的追索不也象徵著人們對於自我的一種探尋。因此，更進一步的看，這些人想找回的，更多是在溫州經濟崛起前的自己。

在大陸與台灣，像溫州這樣的城市也不在少數，尤其台灣全島幾乎在八〇年代後共同經歷了經濟崛起後的風暴。因此在走過「台灣錢淹腳目」的輝煌時代，台灣應該如何繼續走下去？這會不會是一個反視社會經濟發展與個人精神能量的好機會？這些都是我們必須好好思考的問題。而在台灣之後，中國大陸成為全球最重要的經濟強國之一，經濟起飛後的中國大陸要如何保有自己的特色，而不只是發展出與西方無二致的經濟體系？在經濟蓬勃後，是否也能兼顧國人在文化與心靈上的建設？這些問題也同樣值得我們好好想一想。之所以會有這樣的思考，乃是因為我自己這幾年無論在台灣或是到大陸，總感覺在全民拼經濟的氛圍下，人心相當浮動。當我們一心追求經濟上的突破的同時，似乎從未停下腳步問問自己真正想要的是什麼。所以，閱讀哲貴先生的作品，似乎也在提醒我們找回初心，找回那顆在經濟掛帥的時代下，那顆屬於自己的心。因為，心的墮落正是社會敗壞的開始，這點不得不審慎以待。

因此，綜合王威廉先生與哲貴先生之小說，我以為，作為一名八〇後青年，如何擁有一顆勇於面對現實的初心，以此生活在這個社會，是我們這一代人必須積極面對的課題。這個課題同時也是一個主題，一個屬於兩岸作家共同的主題。當

然，創作並不是命題作文，然而，或許透過這種時代命題的共同書寫，兩岸作家對推進兩岸社會認識，將提供潛移默化的力量，引發更大的共鳴。目前，兩岸作家的作品幾乎都是單獨出版。或許將來，我們可以針對一些共同的議題，將具有相同關懷的兩岸作家作品集結成冊。如此一來，或許更能體現兩岸社會在諸多議題上的共通性，使兩岸讀者能在接觸相關議題時，不再對彼岸感到隔膜，而能更全面的以兩岸為框架進行思考。

【吳明宗，台灣師範大學台文系博士生】

閱讀許立志與陳年喜

洪崇德

論壇以前，我對陳年喜這個名字幾近一無所知；相反的，許立志作品在2015年被引進後曾有一段時期很受歡迎，讀了也很喜歡。希望這篇文章能以一個台灣讀者與詩歌觀察者的理解，以比較這兩位詩人的創作為基礎，談他們在台灣的傳播，及工人詩歌在台灣的缺席與疑慮。

細讀許立志與陳年喜的作品，大多數與工作密切相關。要對兩人的詩歌風格進行泛泛之論並不困難，設計一個「因為作者是工人身分，寫作與工人身分高度相關，所以他們的寫作即是工人詩歌」的恆等式亦很便宜。然而，基於「工人詩歌」長期在台灣詩歌路線上的缺席，我以為進入他們作品首先的一個難處在於對他們處境同理上的困難，甚至到需要以看待知識的態度去理解他們工作細節，才能重新建立對他們詩歌中價值觀認同的程度。

若我們真正進入這些社會底層的工人的精神生活，才能更進一步的處理兩位詩人的異同：在社經地位極低的血汗工作中，看待工作及其風險的視野，以及精神生活上自我肯認的出口或補充。

沒有以外：工作即生活的許立志

從許立志早期的幾首作品與生平，很難不聯繫到海子，或許他最後的人生抉擇亦與此有關。在富士康連環跳後進入公司的他，工作待遇與中國網民的爆料所差無幾：早班從八點到五點，晚班是晚上八點到五點，一個月換一次班，工廠沒有訂單就苛扣薪水；一有加班就是兩個小時為一個單位。為了提高工作效率，他的流水線崗位上沒有椅子，禁止交談、走動並毫無休息空間。

對一個心思敏感的年輕人，性格被壓抑在僵化的工作教條中顯然很痛苦。一開始還能以〈流水線上的雕塑〉這樣的創作自嘲；兩年過去，他很進入狀況的成了〈流水線上的兵馬俑〉，把寫作者的青春鎖死在「車間」的視野，那個等待鈴響時上工的他，又何嘗不是在等待下一聲的鈴響。在他的流水線狀態中，時間感極度缺乏，生活失去了更多可能性。不過，對性格敏感的許立志，乏善可陳的生活不但沒讓作品量減少，顯然創作更成為精神生活的出口。

為對抗車間視野中的教條與貧乏，許立志創造了新的命名系統：「一顆螺絲掉在地上／在這個加班的夜晚某個相同的夜晚／有個人掉在地上」（〈一顆螺絲掉在地上〉）、「夏丘／張子鳳／肖朋／李孝定／唐秀猛／雷竺嬌／許立志」（〈流水線上的兵馬俑〉）在他的這套系統裡，時時可見他以發現的眼光，為無意識物與自我創造連結。作為螺絲的自我認識很精準，把人名並陳為詩，卻失去所有名字背後的脈絡亦是一種寫實的殘酷。

除此之外，許立志的作品有時展現了心靈獨白式的語言特色（〈我想我還能堅持下去〉），有時還寫些不那麼傳統的詩（〈一顆花生的死亡報告〉）。但除了這些，許立志作品中鮮少有「外界」，自然景物象徵在他的詩歌中鮮少出現的事實，似乎還是要從他的工作尋找說明：在沒有盡頭的流水線中，他始終被安排在一個沒有認同感、無法移動，也無暇休息的位置。這空間感扭曲了他的精神生活，讓人名或工作相關的物事欠缺實感，淪為他（貧乏的）心靈意義的投影座標，正面意義偶爾出現，也很快被終結：「我想我還能堅持下去／直到太陽擋住了月亮和星星」。

精神生活（外界）與工作（車間視野）拔河的痕跡在他的詩歌中處處可見，但無論精神世界如何開拓，他的內在書寫仍可視為相類情緒的複製。他離開過這份

工作，最後卻走投無路的簽下三年合約。當一成不變的工作將生活的可能性侵蝕殆盡，許立志的結局雖令人惋惜，卻不顯得意外。

工作與遠眺：陳年喜的理想生活

陳年喜的工作內容是高風險、長工時的肉體勞動，與精神生活受迫的許立志並不相同，不過以他從礦工到爆破工的底層身分，呈現出的「另一種不見天日」依舊很具說服力。陳年喜的工作環境及所得都比許立志更差，若我們單純以資本主義社會下那套以薪資衡量人價值的邏輯，或許陳年喜應該要更加不甘或陰鬱然而他沒有。精神生活的健康程度，是陳年喜與許立志的最大差別。

陳年喜有明確的寫實傾向。他沒有出版詩集，作品悉數發表於博客，因為沒有經過編輯工作的緣故，紀錄性質較高，卻難免良莠不齊。或許有朝一日若有出版機會，經過編選後方能有更高的完成度。他的詩語言口語化，以平實的敘述為主。不操作繁複詩句的寫作方式，相當程度表現了他的「真」，卻也由於修辭的不講究與心靈獨白的欠缺，讓閱讀時必須更多去聯繫他的背景。有時僅是隨工作的地理位置而以地名為詩名，這些真實度極高的詩

作，能夠對應並還原他的生活。

我將陳年喜的詩歌題材不很精細的分為兩類：工作與家庭。因為工作緣故，無法返家照顧罹病雙親的成名作品〈炸裂志〉正好體現這兩者在他生命中的位置：「不是鋼鐵的錯／是神經老了　脆弱不堪」寫工作與自己的關係，他的無力往往不是來自工作，而是恨自己不夠硬漢。「我不大敢看自己的生活／它堅硬　鉉黑／有風鎬的銳角」他是清楚自己表現得堅強的，但這堅強與其說是自願，不如說是不得不要去背負的：「我的中年裁下多少／他們的晚年就能延長多少」。當家事與工作不能兩全，他寫下這樣的矛盾：「我身體裡有炸藥三噸／他們是引信部分／就在昨夜　在他們床前／我岩石一樣　轟地炸裂一地」這是他的詩歌中罕有的軟弱，從上面的句子，我們可以大致看出這兩者對於他的生命意義。

〈炸裂志〉的狀態比較是少數，陳年喜的「工作與家庭」並不像許立志的「工作與精神生活」那樣呈現拉扯的關係，在詩作中向來很務實，亦不需要太多的抱怨或眼淚。他處理職場相關人事物狀況的作品很受矚目，結合他的背景看來，「再低微的骨頭裡也有江河」（〈牛二記〉）在側寫他人命運中展現工人的自

我認同很有力量，常以「炸藥」、「煤」或「矽肺病」跟自己建立的連結亦引人同情。不過，我更傾向認定陳年喜並非有意識要召喚讀者的憐憫。從他相關的一些訪談中可以看出，寫作之於他是一種嗜好，沒有太多的寫作者自覺可言的他，進行這些沒有讀者的寫作只出於記述，絕非有意為之。

陳年喜的工作內容雖然高危險，工作環境卻不是一成不變。以家庭作精神寄託，讓他可以持續消化工作下的負面情緒。寫工作的時候樸實無華，面對家庭卻往往呈現一種遠眺的視角。即使在現實生活中無法親身參與，他仍舊可以投射自己的情感。例如以「玉米－麥子－秸稈」為主，談愛情的他可以以自己的命名系統，親密的寫「我小小的愛人／和一坡玉米緊緊抱成一團」（〈小小的愛人〉），亦能夠在〈兒子〉中寫：「我們一家三口／多像三條桌腿」，又不失真情流露：「我想讓你繞過書本看看人間／又怕你真的看清」。面對父親的辭世，他以回憶的方式將情感寄託在父親使用的鐮刀上：「我知道　如今／它已再次把父和子的界限劃開」（〈一把鐮刀〉）

陳年喜的家庭書寫中，情感從來都是與家人同在的。在這精神的原鄉中，他的意象不再是礦物與火藥，而是親切的農村景觀。而他作為家庭與工作的轉換站，扮演父權社會中男性的傳統想像：背負責任、任勞任怨為家庭付出的父親。由於性格樸實認分，他可以在大多時候適應兩者的角色轉換，一邊背對家庭挺直腰桿，一邊在苦難之中回望溫暖的家庭。寫作之於陳年喜，或許與工作、家庭一樣是生活的一部份，而非許立志那般作為生命出口。

「工人詩歌」在台的傳播問題與疑慮

在本次以小說為主要討論對象的論壇中，討論許立志、陳年喜及被其代表的「中國工人詩歌」或許是突兀的。但有趣的是，這詩歌的仍未缺席與作者的缺席（按：大部分的兩岸作者都到場回應），似乎也暗合一部份（工人或不僅僅工人的）詩歌在台灣當代青年讀者閱讀脈絡中的常見困境。

這困境來自於從讀者預期，到閱讀習慣的改變。以詩集詩刊作為主要閱讀來源的讀者，喜歡的可能是長期的品牌價值、編輯品味、裝幀、收藏價值諸如此類「可預期的」原因。但網路的寫作者通常因為有「被看見」甚至「被傳播」的需求，勢必要在閱覽者較多的社群（例如網

路論壇、個人臉書）進行發表行為。當讀者在網路社群進行詩歌閱讀，在龍蛇雜處、眾聲喧譁中，發表者的帳號除非早已在個人形象經營中取得了信賴，否則被考慮的順序都還要在比起讀者的「讚」（臉書）數量，以及作品的內容後面。「把作者名字遮住，看內容好不好？」這樣去作者脈絡，窮舉內容進行辯證的內部討論蔚為流行，讓台灣1980後與更靠後的讀者更容易推崇的是本身閃光點充足的作品，而非需要加入作者背景或其他知識才能同理的詩歌。

「作者已死，讓作品說話。」在台灣八〇後以降的詩歌討論習慣中，作者身分的模糊不太妨礙判讀。在大陸，這兩個名字會聯繫上《我的詩篇》；但在台灣，不能忽略台灣讀者的閱讀習慣中向來缺乏工人詩歌的基本事實。由於政治因素，上個世紀一度出現對「工農兵文學」的追獵，隨後小清新與後現代大行其道，讓台灣年輕讀者對「工人詩歌」這四個字很陌生，上一個比較被矚目的「工人詩人」已經是八〇年代發表《加工區詩抄》的李昌憲（1954-）了。如果許立志還能因其陰鬱情調的心靈獨白與富士康的聯繫讓台灣讀者行注目禮，陳年喜詩歌的引進就確實稱得上耳目一新。

然而，從題材到作者身分在台灣都很罕見的工人詩歌，在台灣要如何定位仍是大哉問。工人詩歌只是把「寫詩的工人」放在一起的便宜簡便分類嗎？且不論陳年喜與許立志風格的差異之大，台灣讀者更可能只視作者為「具工人身分的詩人」，而刻意忽略其工人特質。樸實無華如陳年喜的詩歌在台灣具備生存空間嗎？題材及語言較接地氣的作品（如強調本土的笠詩社）失去市場，正是年輕讀者在接受視野上長期偏食的主因。既缺乏讓工人有認同感的詩歌，期待台灣工人進行詩歌寫作更宛如天方夜譚。我對「工人詩歌」引進台灣後的效益是很悲觀的。即使一時獲得矚目，結果仍可能是視工人詩歌為珍禽異獸後吃豆腐的收編，而非詩歌長期路線上的修正──工人的詩歌仍必須為文藝青年美學觀服務，每個文藝青年都能為工人的詩歌提供膝反射式的類型批評，當這些批評打包了一個（可能的）文學類型，面對這些結論，詩歌仍不會有工人介入的空間。就像在「台灣詩歌讀者視野」這塊拼圖中混入的新碎片，有可能被併入其中嗎？我並不看好。

【洪崇德，淡江大學中文系碩士生】

閱讀張楚與石一楓

陳奕辰

論壇之前，我只看過張楚的《在雲落》中幾篇故事，石一楓的《世間已無陳金芳》則是在準備論壇發表時初看。在看完這兩本書後，我發現這兩本書的故事，都旨在點出時代巨變、城鄉及價值轉型的背景下，底層人民所遇到的困境和限制。於是順著石一楓在台版《世間已無陳金芳》後記的說法，希望兩岸讀者能和他一起：「關心共同的時代之變與人心之變」，我以一個台灣青年讀者的觀看視野，來談談書中所寫之困境，並與我所觀察到的台灣社會困境作為對比，更期許自己能從中找出一個粗淺的前進方向。

從焦慮到「無言」

我初次看張楚的《在雲落》是在深夜。當時我一個人在校內的研究室裡，整棟樓幾乎無人，安靜的連自己的呼吸聲都清晰。或許是因為這樣的閱讀環境，閱讀整本《在雲落》時，特別是當我讀到〈梁夏〉一文的結尾時，特別能夠感同身受。這篇文章說的是一個被嫂子誣賴強姦的男人梁夏，為了平反，他用盡力氣到處告官。最終梁夏好不容易找到人要聽他敘述

冤屈時，竟是從妻子打來電話中得知，誣賴他的三嫂子上吊自殺了。張楚在文末描寫梁夏掛電話之後，躺在路旁的麥秸上的情況。張楚寫：「有那麼片刻他覺得世界安靜極了，所有的喧囂都被這麥秸垛擋在了耳朵的外面，他甚至痴痴地想，要是能一輩子這樣躺在麥秸裡，該多好呀！」，而這則故事的所有複雜困境，不管是梁夏不被任何人信任，在絕望之中只有一個想把此事當作八卦報導的記者願意聽他敘述；還是其實喜歡著梁夏，不被自己老公兒子當一回事的嫂子，卻是這樣用力地傷害梁夏也傷害自己；或是理性中一直想信任梁夏，卻因為當晚的「親眼所見」，以及農村社會難以想像這樣的仙人跳，而感性上無法信任梁夏的妻子。

這些複雜的狀況最終全部混合成了帶著疑惑和焦慮，不知如何解決困境的「無言」，也就是說梁夏掛了電話勢必得躺進麥秸垛裡，否則他無法處理情緒去面對這樣荒謬的現實。我甚至在空蕩無人的研究室裡想像著，想像自己就是那躺在麥秸裡的男人，男人或許覺得自己若此刻死在麥秸裡也是好的；也或許男人開始後悔放棄農田做起趕集生意，雖然男人喜愛這生意，而這生意也讓男人享受到些許農村社會以外資本主義的便利，生活過的比從

前好到回不去；也或許男人後悔起那晚沒有順著三嫂的意，之後可能就沒這樣多事了。當然，這一切的喧囂都被麥秸垛擋在了耳朵外面了，最終梁夏心中只能留下一片寂靜。

同樣的寂靜意象也出現在張楚的〈在雲落〉中。作者在這篇故事中安排了兩條支線，故事主要在講述主角「我」在雲落的一段曲折經歷。故事的第一條線是在講主角「我」，「我」是一個躲避情感問題而「歸隱於鄉」的男人。到了雲落後，「我」不單是放置了與前女友仲春的感情問題，也放置了在雲落重病的表妹與自己複雜的情感關係。最終表妹在遠地的廟裡過世了，前女友則是與他在雲落最後一次見面後神秘失蹤。故事的另一條線則是有關鄰居蘇恪以詭異的情感故事，蘇恪以一開始就帶來了一個帶有神秘色彩的天使故事。蘇恪以說他的戀人是個長了翅膀的天使，而這天使的特徵不只是長了翅膀，還在背叛蘇恪以之後被他打斷的一顆門牙。在主角「我」與蘇恪以更密切的接觸後，神秘天使的故事才逐步被揭露。最終「我」串連起了一切真相，帶出蘇恪以對天使做的那駭人聽聞的腦頁白質切除手術，也帶出有如孤魂般的蘇恪以如何受到了郝大夫的報復。張楚把蘇恪以的案件

搭配上了「我」的前女友仲春的失蹤，彷彿一種神秘的隱喻。最終「我」不論是對於自己的情感、蘇恪以的案件、表妹的病逝、仲春的失蹤，都抱持著疑惑，並且「我」選擇離開了雲落。我嘗試以同理心體會主角「我」此時的心境，並認為面對這樣複雜現實的焦慮時，主角「我」也只能收歸於一種「無言」。

如何解決「無言」

石一楓在〈世間已無陳金芳〉裡也出現了類似的「無言」狀態。文章一開始，陳金芳與敘事者「我」的聯繫是在音樂上。這是一種看與被看、演說者與聽眾般，帶有「精神」啟蒙意味的特殊關係。敘事者「我」因出身於中上階層家庭，很早就認識到了現實殘酷，因而放棄了音樂這樣的精神追求。之後幾次與陳金芳的見面時，「我」自認為陳金芳已經有了自己的生活，自己沒有資格、也不再會被陳金芳視作為一種精神寄託，因而不斷把自己列為旁觀者。但「我」卻又對陳金芳有某種程度的認同與同情，一再忍不住去介入陳金芳對於精神的追求。黃文倩在〈底層的「精神」幻象及其生產——論石一楓〈世間已無陳金芳〉〉一文中認為：「陳金芳不懂現實、社會和資本主義的殘酷，

所以敢於虛妄與行動」，最終陳金芳在孤注一擲的追求中被現實吞沒，全盤的自毀與失敗，並在自殺之際向「我」求救。「我」在某程度上回應了陳金芳的求救，但末尾陳金芳以一句「我只是想活得有點兒人樣」作結時，「我」卻是答以靜默，無法給予陳金芳一個負責的回應。甚至「我」把自己抽離當下現實，回歸到旁觀者的角度以一個客觀的審美立場，用自己已經捨棄的音樂藝術來評述陳金芳這樣的底層人物命運。整篇文章透過「我」和陳金芳這兩個不同階層的人互相映照，不只是在說陳金芳，而是完整反映了底層人民追求現代上升之路的矛盾與風險。最終也以「我」無法替陳金芳解決困境，結束在一個無法解決問題的「無言」氛圍。

不同於其他幾篇作品，在〈地球之眼〉中，石一楓不單提出了這樣的「無言」，還嘗試要解決這樣的「無言」困境。石一楓在這篇作品裡也安排了一個盡職的敘事者「我」，「我」身為一個紀錄片導演，本就處於一個既介入又旁觀的特殊位置。安小男對於「我」來說是某種精神救贖，因此「我」更是難以將自己完全定位為一個旁觀者。安小男同樣敢於行動，不斷嘗試要破解父親留下的關於「道德」的疑惑。而安小男與陳金芳的不同之

處，在於他幾次碰壁的經驗，已經讓他稍微能捉摸到現實殘酷，他不像陳金芳那樣看似徹底與獻身式的去追求「精神」，「精神」之於陳金芳更多的時候是一種幻像。石一楓還給了安小男一個天才腦袋，於是安小男竟能靠著自己的聰明才智，靠著自己設計的監控系統，握足了可以反撲的力量。甚至最終以一個民間英雄的姿態反撲後，不只打敗「不道德」的李牧光，還能以英雄救美之姿，拯救敘事者「我」被李牧光以揭發假結婚作為要脅而「綁架」的表妹，甚至在追求「道德」和回應現實之間找到了一條出路，以一種「回歸鄉野山林」的模樣全身而退，回到大學城的小平房中去做一份小生意。雖然〈地球之眼〉中的一切敘述使我們彷彿看見了一片光明未來，但回歸到現實客觀狀況來看，會像安小男這樣以自身力量反撲的人本就難見，會因為安小男這樣的反撲而如李牧光那樣直接倒台的大人物，在現實中恐怕更是難見。社會上更多的應該是像商教授那樣的人物，就算給安小男直指「不道德」的核心批評，也只是讓商教授不痛不癢地成為學生們茶餘飯後的八卦對象。之後商教授照樣能靠著符合大眾口味的輕挑言語，從影視業轉戰互聯網，再創事業巔峰。

另一方面，社會中像陳金芳這樣的人，恐怕是遠比安小男多。比起安小男這樣英雄似的勝利，最終像陳金芳這樣全盤的自毀與失敗，或許比較符合客觀現實狀況。甚至更多的時候，這些問題、疑惑、恐懼、無奈、焦慮，更是直接混合成了張楚文章裡揭示的那種混沌的「無言」，找不到辦法化解，只能持續焦慮著。總的來說，如何解決這樣的「無言」困境是重要的，石一楓雖在此提供一個解決的可能性，但在現實情況下，這樣夢幻似的解決辦法，是否能化解如此糾結、複雜的社會結構問題，我保持懷疑。

英雄主義故事的鼓舞力量

雖然〈地球之眼〉這般有如好萊塢電影或中國傳統英雄主義的故事，是否能解決問題還得商榷，但我認為我們確實需要這樣典型故事的鼓舞。近年來，台灣青年開始熱烈參與社會議題的討論，熱門議題從婚姻平權，到古蹟存留，還有勞工假期薪資，也討論孩童教育議題、居住正義等等議題。不同於以往僅僅迷信於投票的消極參與，我們不但在網路上與大學中發起教育活動，也一再有人帶頭對於社會的困境和「不道德」發起了抗爭與實踐。但不論我們如何深入討論、參與，中間都會

出現黑洞。這些黑洞是來自於所有不合理的現實：現實中就是有拿了資本家利益而砍掉勞工薪資與休假的政府；就是有會毫無道理自己被燃燒起來或被畫上醜陋無意義彩繪的古蹟；就是有許多假借宗教教義或自我認定的道德觀念去干預人民生活、學習環境甚至法律的父母；甚至不乏許多無法理解各式議題重要性的民眾。這些蠻橫不講理的現實形成了黑洞，不論我們原先討論多深刻，都會被打斷而停滯不前。世界是如此不友善，我們得持續在不合理的「無言」中掙扎。我們就好像是〈七根孔雀羽毛〉裡的宗建明一樣，存活的唯一目標就是從離婚後的老婆那裡搶回兒子，卻為這樣卑微的奢望成了謀殺嫌疑犯；就好像是要證明自己被女人強姦的梁夏一樣，被社會認為荒謬，甚至遭到唾棄；也好像是陳金芳一樣，用盡力氣去追求，卻極可能被現實吞噬。因此用〈地球之眼〉這樣英雄主義式的作品做為鼓舞人心，又何嘗不可？

張楚在人間出版社出版的《在雲落》書背上寫到：「他們的故事絕對有著神啟的痕跡。」而石一楓筆下的安小男的故事雖然過於巧合、有如幻想般的美好，卻也是神啟預言的一種。特別是在陳金芳之後做為參照，安小男的故事更具有一種正面

的意義，它預言似的點出了我們與陳金芳關鍵性不同，在於我們從一開始就擁有比陳金芳還豐富的客觀資源和條件。我們不像陳金芳那樣缺乏知識，也不像陳金芳那樣無法判斷現實社會與資本主義社會的複雜和殘酷。雖然我們始終難以當上、也不容易遇上安小男這樣的人物，但我們仍有希望，因為我們有足夠的知識避開危險。石一楓〈地球之眼〉雖看似不現實，卻也點出了一個雖然老套，卻很符合現實狀況的要件——底層人物都得靠著自身的充實才能夠克服困境。順著這樣的希望，我期許有一天我們終能夠靠著充實自我或其他實際方式，找到解決這些困境的方法，終能使得我台社會上的各種困境與相關討論，不再是收歸於那樣黑洞之中不合理現實的「無言」。

【陳奕辰，淡江大學中文系碩士生】

閱讀文珍

曾貴麟

看文珍《氣味之城》一系列作品，浮於塵世的男女，不免令我想起福婁拜的《包法利夫人》，同樣是以戀愛的形式，抵抗逐漸成形－僵化的規範、教條，但文珍的筆觸，別於艾瑪漫無邊際的天真浪漫，她冷豔而孤高，即使無力抵禦，但消逝的身段如花凋謝般美麗。〈銀河〉、〈第八日〉的女主角都是銀行職員，身處金融結構巨大體系裡，但〈第八日〉的顧采采恐懼著穩定、重覆的生活模式，〈銀河〉的蘇令嚮往他鄉生活，生活在他方，拒絕個體變成符號化，呆板的數鈔機器。

在〈銀行〉裡，只因為同事老黃工位桌上的一本《中國國家地理》，蘇念猜想他同是拒絕庸碌，每日打卡的銀行，進而豪賭式地，與老黃談一場婚外情，逃離公司，私奔到新疆，投奔於遺世獨立的境外生活，一路經塔縣、庫爾勒、達版城、托克遜、蘇巴什故城等…，隨著里程遞進，他們有遠離恐怖的體制，離開黏附於各自身分上的規則嗎？答案顯然是否定的，催促房債、卡債的電話，張著網般獵捕他們回去，回到辦公桌上，履行工作、婚姻的義務。這趟奔走看似是徒勞的，如

同他們的密戀。

閱讀起來，隨著人物奔走與回歸，情緒的韌帶過度張縮，更加令人沮喪，彰顯出體制的龐大，人的渺小無能為力，好在文珍如詩的語言，令女主角任其適性說出自身的故事，「剛才的嘴唇完全是一小塊沒融化的冰。所有的欲望都封鎖在裡面，教人想敲碎，想破壞，想高聲大叫。」以優雅冷冽的聲調，搭配作者為旅者點播的歌曲，如崔健、汪峰、中國好聲音等，整趟旅行如一場華麗的遊行，以及散場。

不同於〈銀河〉的肉身移動，小說〈第八日〉的顧采采採取精神出走，從小聽從父母期待選擇金融科系，體質不適應上班族規律生活，將感情投諸於已婚的同事許德生，卻遭拒絕無從開展。感情被壓抑，連同住屋的私人空間，也不斷被擁擠的城市壓縮，生活被侵蝕，她產生失眠症狀。在精神恍惚中，不停穿插與童年玩伴辛辛對話，實際是夢囈式自問自答。接連七天的失眠，以及助眠藥物催化，顧采采逼近精神分裂，生活崩離。女主角向辛辛、向社會探問，然而她始終沒有獲得回應，個人宿命與大環境與多人的悲劇交疊、糾纏在一塊，彷彿小聲地控訴。

〈普通青年宋笑在大雨天決定去死〉在整部系列裡，是相對溫馨的小品。一個對於升遷沒有想法的助理律師，生平無大志，但求簡簡單單生活，與某人結個婚，生個小孩享受家庭。可偏偏娶了一個強勢的老婆王丹鳳，催促早日轉當正式律師，指揮他的生活。家庭的壓力之下，宋笑突發奇想，想趁暴雨時死去。碰巧救了困在雨中的小孩樂樂。生死存亡之際，與樂樂童言童語，激起宋笑生存的慾念。他想起家人與自己的小孩，最後在雨中看見情急尋找自己的老婆，圓滿破鏡重逢。此篇結構特殊，設下雙重結局，第一次結尾停在那場雨後，第二重結局，樂樂變成無人能證明的存在，好似宋笑的幻想。他抱著希望，回到辦公室，提出升遷請求。宋笑的糾結在於體制問題，解決之道勢必回到體制內部，應對巨大、無法撼動的結構問題，與它打商量。結尾乍看光明璀璨，但更加彰顯無法根治的議題，精神層次無法回答，凸顯結構之堅硬。

有趣的是，通篇下來的男性角色具備共通之處，被架空的男性支配權力：〈銀河〉當中私奔失敗的老黃，〈普通青年宋笑在大雨天決定去死〉的宋笑，〈覷紅塵〉陷入偷拍風波，不告而別遠赴美國的男主角。小說主聲道是女性內在呈述，以襯托出男性角色故作鎮定，言語難以掩

蓋，對於困境束手無策，精神上如同被文珍「去勢化」。〈氣味之城〉，角色敘述者為男性，老婆離家出走，獨自枯坐在客廳，遙想婚姻何以致此，誰是毀滅生活的兇手？慣以為常的壞習慣？還是情感的漠視？理想生活在何處？一連串的追憶，藉由房間裡四面而來聚匯的氣味，從冰箱、寢室、客廳、垃圾桶，嗅覺變成索引，記憶的部首，令一個情感失能的男性，重新找回生活實感，找回表情。

書中仍有具備歷史感的作品，〈安翔路情事〉描述安翔路小販之間戀愛的故事，公共建設發展、地價議題，環繞周圍、伺機埋伏，時時刻刻打斷男女主角的情愛。2008年奧運場館「鳥巢」，象徵著居民居住的需求，國家卻規劃打造給外人端看的造景，市井小民只得以遠觀，民生顧慮終止了男女主角渺小真摯的戀情。〈我們夜裡在美術館談戀愛〉大聲疾呼地，喚醒「天安門事件」的歷史傷口，背景地點是夜裡關門的美術館，指涉熄燈後，無人過問、無人見證就似同消逝的歷史。故事裡，曾誓言改革，但日漸趨從體制的男性角色，被消去聲音，隱形於夜中。但文珍不迴避問題，直述「不能指責體制，因為我們都是體制的一部分。」小說的創作者不負責解答，女主角遠赴紐約

向外部追求理想，是不是理想的伸張，無人能得知。但她敲了一聲響鐘，向體制內的每人提出了一個呼喚，談的不僅是男女戀愛，而是對望一個整體的告白：「再會，吾愛。我深深愛著的，不只是你。還有你身後的一切。」

【曾貴麟，東華大學華文文學系碩士生】

閱讀伊格言

宮瑱

　　看完伊格言的《零地點》，首先注意到的一定是整本書所呈現的，從行文風格與畫面感的塑造上都有如一部既成電影劇本的顯著特點。尤其敘事線索，更是類似電影語言中的一組交叉蒙太奇，核災後對真相的苦苦逼尋與核災前向劇變的惴惴逼近，兩條涇渭分明的線索交叉並行，細細展開、層層深入，從過去與現在兩個時空、心裡與現實兩個維度分別營織又撥開迷霧，建構二位一體的整套言說，最終將期待聚焦於一個答案：人類進退維谷的現世與無處安放的未來。

　　失憶、迷局、廢墟、毀滅，以及龐大的塊狀結構，這種後工業時代對個人主體堅壁清野後慢慢展開的迷霧城國若要類比，則必有似於安東尼奧尼的電影，煩躁迷亂與冰冷孤獨的錯位交響與相得益彰。只是本書更有東方的精緻與輕盈，連末世情慾都以小清新的形象出現，更像一幅小民的浮世繪。

　　本書的精彩之處首先在於對細節的把握精確而敏銳。作者無疑是一位興味盎然的觀察者，生活中容易被忽視的細節都被其饒有趣味地複印下來，如閉眼後的紅色光纖如血，以及暗藍色靜脈在手背上遊走像樹枝。得當的譬喻將讀者帶入一種真實的主觀情境。而作為情調營造的高手，作者尤益善於將環境色彩作為意象帶入主題的表達，主人公回憶中陽光下溫暖的宜蘭海景與事故後細雨裡陰冷的台南夜巷都是看似漫不經心但有如點睛之筆的舞台布景，將此故事置於一個有溫度的空間之中。作者對光的把握則是更加敏感，其將光比喻為實體的方塊富於想象，當屬靈光乍現的一瞬結晶。書中有一段對宜蘭外海上雲破處太陽的天光與海面之波影的描繪集中體現了作者這種場景營造的能力，宏闊澄明，更為動人。

　　作者還善於通過閃回鏡頭拼接出一個個概念化的背景環境，比如這段：「舊物、塵灰、紙箱、油煙、冰涼的膏藥與青草……」用字既別緻又妥貼，直可以美譽為二言詩歌。

　　講到意象，書中不止一次提到停止更新卻不會消失的Facebook頁面，之前也會想到如果有一日我們死去，這些網絡上的數字遺產會被怎樣處理？可能永遠靜止就如同新式的墓碑，只是完全是生時的細碎書寫，而非死後的完整總結，彷彿這個時代的命運就註定只能在倉促中戛然而止，就像零地點中一樣沒有結果與答

案。這不斷出現的意象很像電影中的重複特寫，象徵人肉體的隕滅與數據碎片的永存。這是我們時代特有的木乃伊，它存在，卻不堪祭奠。

當然，本書更容易被聯想到奧威爾的《1984》，相同的社會結構寓言與人類命運預言，只是本書將批判的對象從權力轉向權力的象徵物——核四，鬥爭更加具象化。核能這種瑰麗多彩的致幻劑作為人類目前發展的最高水平代表，直接越過了造物的極限而化生出看似無限的能量，按照伊格言的說法，它似乎通過營造一團團虛幻的爐火——地獄之火——在言說人終勝天的神話，用看似永不耗竭的推進力宣示著人的創造與控制能力。然「飄風不終朝，驟雨不終日，天地尚不能久，而況於人乎。」此等不可持續的發展只是披著神蹟的外衣，用來滿足人類自我悅賞的精神需要，皆無可「久」，是為非「常」。作者所認為的核能危機上接殺蟲劑寂靜的春天、轉基因生命的改造、海豚灣物種的虐殺等地球史上的悲劇，在不遠的將來等待清算人類的自負。無論這是一種恰當的憂慮還是一種過度的推演，但無疑確實提出了一個重要的追問：人類在飛速發展的當下，是否已然被異化為與自然相悖的歧出存有，那些政治、經濟、生產，究竟已經

多大程度上偏離了人類的基本需要，而在人的自我神話中越走越遠。看似為滿足人類的終極勝利而來，實則越來越將成為人自我塑造的終極審判。

還非常喜歡書中提出的兩個概念：文明的過度自信，以及流沙上的文明。

講到文明的過度自信其實只是流沙上的幻象危局時，作者首先鋪陳了一個與之相對的外在空間：「她凝望著河對岸的山巒，山巒其實並不在視野中存在。那只是個隱約的巨大輪廓，虛線之物……此處，每一天的黑夜裡，那龐然的山巒將永遠是個純然的遮蔽物，純然的冷暗物質。」這段描寫使我想到有一年乘坐輪船從三峽順長江而下，夜晚，天幕深藍，一個人站在甲板上，江河亦無聲，兩岸群山黑連綿的影子沉默地緩緩倒退。沉溺在峽口吹來的風中，時間彷彿靜止，世界回到誕生之初，所謂玄洪荒不廢萬古流，大概就是此義。而這最能襯托出人類文明的渺小與短暫，有如流沙所築之壇城：萬般繁華又轉瞬即逝。大概因為這樣，是有作者此語。但是作者最終仍寫道：「夜雨細密落下……浸沒在因雨線而顯得筆觸濁重的黑夜中……隨著雨幕之遮蔽，群山業已消失，僅有霧，潮浪般一波波地舔舐著這周遭的空間。」與虛幻的文明相對應的實然

存有也不再堅韌，被迷霧籠罩、吞噬、荒置，終只剩雨水中一座空洞自閉的城國。

作者也給出了小民到此的真實反應：逃離社會結構，找個角落躲起來。權力面前的個體與一切都毫無關聯，唯剩存在主義的無望生存。

對文本來說，當看不清對的方向，懷疑與否定總沒有大錯。不過從另一個向度來講，人類卻依舊需要向前去，去走在路上。從建構的意義層面，迷霧是一種困頓，陷於迷霧則是一種缺乏反省的道德正確與自我代償。

如果一定要批評，那麼從個人觀點來看似乎過多的形容詞分散了敘事的力量，意識流的鉅細描寫也有拖沓之嫌。就我的遺憾在於曾觸及的存有追問終落於政治歸罪，而將政治批評定罪化的傾向更像黨派的細碎撻伐，與人類宏觀格局失之交臂了。但毫無疑問本書是一本具有強烈責任感與追問意識的現實之作，關心生命與是非，力圖用新的語言寫出新的彷徨世代；力圖在時間的到來前寫下人類的善與愛；力圖提醒人類把當下作為重新審視自己、重新規劃命途的零地點，去勉力回到真正應然的未來。

【宮瑛，淡江大學中文系博士生】

閱讀黃麗群

李大珊

黃麗群是1979年末出生於台北的「六年級」作家，如果轉換成為中國大陸的說法，她應該被安置在「七〇後」作家群體裡。黃麗群雖出生於七〇年代，卻生長在八〇年代。理論上的代際劃分和實際的生活體驗，讓黃麗群的作品呈現出多種不同的面貌。黃麗群的小說既有「七〇後」面對時代創傷的堅守和無奈，又有「八〇後」青年面對社會荒謬現實的嘲諷和迷茫。收錄在《海邊的房間》裡的作品，可以說是黃麗群取得「作家」身分，許可進入文壇的代表作。〈入夢者〉獲得2005年時報文學獎短篇小說評審獎；〈海邊的房間〉獲得2006年聯合報文學獎短篇小說評審獎；〈貓病〉獲得2007年聯合報文學獎短篇小說大獎；〈卜算子〉獲得2010年林榮三文學獎短篇小說組二獎（首獎從缺）。黃麗群擅長發現人心的細微之處，在日常生活中展開故事的張力。正是因為黃麗群對人性的高度敏感，使她的作品極富生活氣息。除小說外，黃麗群散文集《背後歌》和《感覺有點奢侈的事》相繼出版。如果說寫小說需要考慮敘事的節奏和語言，人物的形象和典型性，

那麼，散文則更能顯露出作家面對生活的真誠態度。後來，我發現黃麗群在「端傳媒」上的散文專欄，以及她主編的線上誌「旅飯」，愈發感受到黃麗群卓爾不凡的眼力。黃麗群可以隨手抓取日常生活中一物一事做文章，乃至於出租車司機說的一句話，便利店員的一個眼神等等都可以被她鋪展成篇，鋪衍成為或妙趣橫生，或辛酸無奈的文字。相較於黃麗群的散文產量，黃麗群對小說創作更加節制。可以明顯感覺到，在小說創作上，黃麗群更加謹慎地謀篇佈局，更加細膩地處理人物內在情感和欲望。對於小說寫作這件事，黃麗群似乎在恪守一道自我嚴格把關的寫作標準，力求每一篇都能夠發現一個觀察人心新角度，打開一個世界的新方式。黃麗群的文字留給我的印象即是：基於對日常生活細膩地體察，準確地將人心欲望的微妙之處呈現於字裡行間，每一篇作品都呈現出人和世界之間獨特的切面，多篇組合來看，則呈現出組圖效應，共同形成了關於台北世間百態的群體書寫。

給我印象最深刻的一篇當屬小說〈卜算子〉。小說以「我」和「伯」作為開場人物。「伯」和「伯母」二人與「我」的真實關係是「父母」，因為擔心命理中刑剋過硬，改口稱呼。小說圍繞著「宿命」的話題展開，「我」與「伯」本是反抗宿命才改口稱呼，沒想到還是無法躲過命中註定的必然，因為一次偶然的車禍，「我」因輸血而感染愛滋，在生命的無可奈何中不得不面對「伯母」和「伯」的死亡。在「服膺宿命」和「反抗宿命」之間，「我」和開命理館的「伯」都無法改變宿命的擺佈。作者在文章中用「宿命」說之，其實想要表達的則是人面對現實的衝擊，無力反擊，無法抗辯的生存狀況。如果聯繫到台灣在七〇年代不得不面對的國際關係，其實不難理解作者把社會現實上溯到「天命」高度的用意。或許，這麼說是我作為評論者的強意做解，不過，想來也不失為以時代脈絡解開作品的一條途徑。以〈卜算子〉所展開的「宿命」書寫相關作品，還有〈海邊的房間〉、〈入夢者〉、〈貓病〉、〈有信〉、〈貞女如玉〉、〈三輪車，跑得快〉、〈決鬥吧！決鬥！〉，這些故事的主人公都面臨著相似的生命困境，也即：生命欲望的求而不得與現實生活的壓抑不滿。主人公們大多在現實生活中遭遇到了排擠或傷害，因此成為社群生活中的邊緣人。他們對生活抱持的欲望也無非是重新被社群接納，或滿足遭到情感背叛後的憤怒（〈海邊的房間〉），或彌補內心的孤獨和自卑（〈貓

病〉、〈入夢者〉、〈有信〉）。小說展示出關於欲望的矛盾在於：個體的欲望越單純越難以滿足，現實對個體的創傷越大，越不容易改變。個人如鐵釘一般被釘在了社會現實的秩序裡，動彈不得，既無法改變現實，也無法放棄已萌生的欲望。如此人生被黃麗群在散文〈B級人生〉（《背後歌》）中詮釋道：「B級的人生——那些受圍困的、不勇敢的、未必會壞到哪裡去但也沒有可能更好的每一個人」。人在欲望的折磨中一遍又一遍地說服自己「接受」不斷帶來傷害的現實。黃麗群的這一系作品之所以透露出「悲而不壯」的美學感受，原因正在於此。如果說毀滅美好的事物帶給人的是崇高的感受，那麼黃麗群則把「崇高」設置在人的生存境況裡。她向我們展示的並不是打碎崇高的事物，而是在現代社會萬事萬物整齊劃一的社會結構裡，「邊緣人」滿足平凡欲望而不得。雖然同樣落實在人和社會抗辯的語境裡，不同的是，黃麗群展示的生存境況卻是對「崇高」這一美學意義的再書寫，或者說，是把「崇高」降低到生存層面上的降級書寫。

「B級人生」之所以能夠躍然紙上，與黃麗群的寫作姿態不無關係。黃麗群並不是直接從現代社會高緯度俯視人生，而

是從人在欲望中的掙扎開始，向龐大的現代「怪獸」發出微弱的抗辯聲。從評判之眼觀之，人人皆可惡，可是，黃麗群停止對人物做出價值判斷，而以「欲望」之眼觀之，人人皆可憐。如果說欲望和現實並存在人的身體裡，那麼黃麗群平衡兩者的方式則是通過時間。現實持續恆久地佔用了人生的大部分，作為社會關係之一員的我們每分每秒都處於通向社會化的途中，真正屬於自己的人生只是不時閃現在腦海中的「瞬間」。或許，現實和欲望的撕扯，在每個人身上產生效果的部分，僅僅是「瞬間」，或者說「忽然」的生命體驗。具體而言，在黃麗群的筆下，現實和欲望之間的矛盾，轉變成為人物身上每一個充滿生命爆發力的「瞬間」。黃麗群曾在散文〈歧路亡牙〉中描寫過「瞬間」展開的生命過程：「台灣治齒價廉物美，但生活的諸般破洞無法比照辦理。不管家常日子或者命運，都不是口口乾淨營養好消化，常有無端險惡破唇穿齒而入。硬嚼吞食後的殘餘，一開始難發現，但他們處心積慮，慢條斯理。一日你突然痛起，才發現啊自己已被蝕出（從食從虫，此字真是比蛀牙還蛀）細小直挑神經的罩門，一遇冷熱擊觸，輒酸軟烈痛不能自已」。無疑，正如欲望無法反抗現實社會結構的

銅牆鐵壁,「瞬間」也無法對人生的「宿命」提出任何異議和抗辯。正如黃麗群在其散文〈忽然〉中寫道:「忽然有間,忽然無際。忽然激越,忽然收攏。忽然醒,忽然錯。忽然其實完全不是忽然,而是各種無能為力所凝聚成的具象轉折,只能任其如此,任其無能為力。許多人試圖捉摸它,於是山醫命卜相,無非想在倏忽掩來之前,為自己搶先一點點」。

在黃麗群的作品中,主人公充滿生命力的「瞬間」常常從內在情緒中爆發出來,又被人壓抑到現實秩序中去。黃麗群巧妙地抓住了人物在欲望和現實中的引爆點,用極富畫面感的表現方式,呈現出人生最為無可奈何卻又不得不如此的生存狀態。對此狀生存狀態的發現,正是黃麗群呈獻給我們每個置身於其中的社會個體的現代版「宿命論」。

如果說「宿命感」是黃麗群身上的「七〇後」元素,那麼「荒謬感」則可以稱為她身上的「八〇後」的因子。在小說集《海邊的房間》裡,黃麗群展示出了她對現實諷刺和嘲笑的另一種姿態。雖然對現實的荒謬感同樣來自於「宿命感」的無力和無奈,可是黃麗群卻向我們展示了她有關於現實更具思辨力的一面。我想這種「荒謬感」也來自於作家與生俱來的樂觀

精神,正如柯裕棻所言:「(黃麗群)面臨困頓艱難的時候,她也會有一種淡淡廢廢的美,像是說,嗚喔,好倒楣,不笑一下嗎?」(《海邊的房間》推薦序〈淡淡廢廢的美〉)這類作品以小說集中的〈跌倒的綠小人〉、〈成家〉、〈1023〉、〈無物結同心〉、〈第三者〉為代表。我個人認為,黃麗群這部分充滿「荒謬感」的作品出現,似乎宣告著作者開始出現了較為自覺的寫作意識,她開始集中處理在小說創作過程中遇到的問題,因此,這部分作品的出現呈現出一段逐漸變化,漸趨顯豁的過程。

先從〈跌倒的綠小人〉說起,這篇小說雖收錄在《海邊的房間》,可是,最先出現在黃麗群以「九九」署名的小說集《八花九裂》裡,因此,可以視為作者早年萌芽期作品。小說敘述了主人公「我」和「老B」聽說交通燈在紅綠之變的剎那,綠色的小人會跌倒,因此蹲在十字路口等待「跌倒的綠小人」,最終,「我」和「老B」當然無從尋覓,滑稽可笑地結束了這場鬧劇。整個故事充滿了隱喻,「跌倒的綠小人」出現在紅燈結束之後,綠燈開始之後,交通法規明明允許通過,可是「我」和「老B」卻在旁觀「綠小人」跌倒的瞬間。小說雖然表達了「八〇

後」一代對現實的迷茫感和挫敗感，可是黃麗群卻一掃悲情口吻，改用反諷的態度來面對現實。「綠小人」則隱喻了「我」和「老B」隱藏在內心的欲望。如果說黃麗群在宿命書寫中，訴說了人對欲望的壓抑，那麼在荒謬書寫裡，黃麗群則告訴讀者，欲望之所以被成為欲望，是因為現實根本無力把它變成真實，或者說，現實根本無法把欲望變成真實的「物」，欲望是現代人永恆的烏托邦。「綠小人」後來直接被黃麗群稱為「無物」。比如在〈無物結同心〉中，已經離了婚的夫妻二人在無力挽救失敗的婚姻現實後，決定尋找屬於自己的「夢中人」。黃麗群以「無物」來取代「夢中人」，不失為對現代婚姻的一種嘲諷。不論尋找「跌倒的綠小人」還是根本不存在的「夢中人」，黃麗群似乎延續了她在〈海邊的房間〉一文中的懸疑特色，向我們展示出欲望和現實之間更為理性，更具思辨力的一面。

無論宿命書寫，還是她的荒謬書寫，黃麗群思考的中心點圍繞在現代社會和生存欲望的關係上。黃麗群在小說中呈現出十分自覺的現代意識，她會在作品中處理現代人的命運，死亡，欲望和孤獨。這種寫作姿態，可比擬於班雅明在〈歷史哲學論綱〉中的「新天使」，現代人目力所及的一切現實都是無意義的廢墟，人不得不被時間推向未來，迎接屬於自己的宿命。回應前文之說，如果按照現代主義在地化的脈絡來講，可以說，黃麗群以一個本土出生，本土長大的台北人的視角，去觀察台灣人在現代社會的生存境況，去呈現現代台北人的愛恨情仇，更準確地說，是去描畫一組關於現代台北人生百態的世情書。

【李大珊，台灣師範大學國文系博士生】

閱讀徐譽誠

吳丹鴻

　　讀徐譽誠的小說是很痛苦的體驗，他收集了一個現代人很難全部體驗的陰暗和扭曲。這是一本很不幸福的小說，遇到太揪心的情節，我都不願意多作停留。如同在經過地下道時有流浪漢歪倒在暗影裡，我既同情又恐懼，急急加快腳步，卻在走出地下道時有點留戀和好奇地回頭。

　　我原先使用的題目用了「色情、鄉情與親情」來概括《紫花》上下兩輯的內容，這是完全不準確的。換句話說，作者寫的不是「色情、鄉情與親情」，而是寫「色情、鄉情與親情」的缺失。〈白光〉中寶璐只是觀看BB與別人性交；〈極地〉中上班族只能對一個機車修理工遠遠地性幻想；〈午茶時光〉中的中年男子也沒能「進入」男孩的身體。由此可見，上輯的這幾個故事雖然不乏瑰麗酣暢的感官書寫，卻都是沒能實現身體交融的性描寫，這是色情的缺失。下輯中的幾個故事更加明顯地突出了「妳」與家鄉、親人（尤其是父親）的隔膜，即便是承擔了全部血緣情感寄託的「姊」，也在擁抱時意外地產生「如此生疏、不自然的感覺」。這些「缺失」讓這幾篇小說都成為極佳的

精神分析文本，可是我不願意用佛洛依德那些冰冷的理論，放在一本本身已經夠冰冷的小說上。

　　首先引起我注意的是，這本書中九篇小說中，有五篇是用「你」作為敘事人稱。這是很後設的寫法，因為從一開始讀者都知道自己不是這個「你」。這又是一個召喚代入感的人稱，它所省略的是「想像妳就是小說裡這個人」。於是我很配合地在閱讀中試圖代入，作者布置了許多逼真的生活細節（比如百貨公司櫃檯、台鐵車廂等等），讓我也能在自己的台灣經驗中找到高度吻合的生活場景。徐嘉陽曾經說過在洪凌、曾陽晴和紀大偉這一輩的情色小說中，普遍存在「空間缺席」的現象，也就是小說的著力於人物的內心世界，而不提供故事具體的地點和景觀。而在徐譽誠的小說中，我卻驚喜地看到他的小說恢復了對日常建築、街景的描寫。徐譽誠在訪談中也說過：「我希望書寫當下，所以小說中的場景都集中在現世生活，呈現此時此刻、與過去不同的文化狀態。」他對商場、書店、美食街等等場所細緻生動的描寫，構成了小說中充滿人聲的「實景」部分，而大量的感官幻象則作為「虛景」與同樣逼真的「實景」構成強烈的拉扯。「實景」的恢復，確實幫助

了讀者作為「你」來代入敘述視角，可是這樣一來他的小說卻造成了另外一種缺失——人物面目的缺失。因為「你」作為敘事人稱也就取消了讀者與主人公之間的觀察距離。我們很難獲取到關於小說主人公客觀的外在信息。這種傾向從五六十年代現代詩的「向內轉」，發展到近二十年的「向體內轉」，作者關注的是身體內部的器官、體液和與之運行相關的欲望感受等等，出現了「你」這種封閉性較強的敘事人稱現象。

可是作者所要描寫的感官體驗卻如此極端陌生，一次次破壞了我好不容易與「你」重疊上的表情。在〈白光〉和〈紫花〉裡對吸毒後的感官反應的描寫，為我們開啟了一個異次元般的奇幻世界。用作者自己的話說：「我極盡感官能事體會此時此刻的每一秒」（〈我們〉），這種揮灑華麗的筆法，被駱以軍稱是「筆神再現！」。我見識到台灣青年作家在細節收集和情緒描寫上筆法的精緻純熟，可是我總期待著「向體內轉」之後，能看到新的向外的「白光」，而不是將所有情緒推向極致後的戛然而止。在〈紫花〉的最後，我看到作者將幻覺漸漸打開到人類集體潛意識的領域，讓人不禁反思，人類的理性文明是不是早就在原始的洞穴時代就已經

預寫，幻覺的合法地位被剔除，但它本來也是屬於人類意識的一部分。這種推根溯源想象，對我來說，已經足夠深刻。

另一個大家可能都會覺察的點，就是幾篇小說都重複出現了對影子的審視。作為產生影子的載體除了鏡子，還有玻璃窗、百貨公司櫥窗等等。我摘錄了幾處：

站在鏡子前，耀眼光線映照身體，膚色如此白皙，軟肉如此鬆垮；唯一精神抖擻的，是剛穿上的貼身名牌內褲。（〈午茶時光〉）

城市中快步穿梭，偶爾往街邊鏡面處瞄一眼自己倒影：蓬鬆長髮像糾結烏雲，面容被眼鏡遮蔽一片模糊……與美麗醜陋無關，那是我的生活狀態。（〈回憶工程〉）

展示櫃後方暗銀鏡面，你凝視自己皮包骨似骷髏面容，插上打氣筒也鼓脹不了的瘦削臉頰……如果沒有鏡像倒影提醒，或許自己真有機會擁有完美。（〈極地〉）

他們在城市裡穿梭，安全地化作蟻族一員的時候，會忽然撞見自己在這個龐大的都市機器上的倒影。這種感覺是有點意外的，就好像打開手機鏡頭，卻忘記將

之前的自拍功能調回去，猝不及防地看見了自己沒有準備好的臉。作者不對小說人物作直接的外貌描寫，卻總在行文將盡之處，才安排這種「照鏡」橋段，同時打碎了讀者與故事中人的體面想像。然而小說中的人物，他們知道真實狀態的自己是那麼疲弱頹唐，他們吸毒、運動、養生、出軌，不管是墮落還是振作，都是為了逃避那個狀態。可是城市與個人的距離，並不只是這樣主體與影像的反射關係，城市也將它的影子投射在「你」的影子上，形成難分難離的疊影。就像在〈游泳池〉中的這個畫面：

> 你僅穿一件貼身窄小泳褲，幾乎全身赤裸，站立在落地門窗前。……你看見自己面容，疊映落地玻璃窗面。城市風景，於你是彩繪紋身；而你透明身影，僅是廣大城市中一抹幽魂。

這幾篇小說的主人公雖然身分各異，卻都是這一個帶著城市的光影紋身的幽靈。他們身上帶著不可抹去的文化紋身，找不到任何「真實」可以寄存。大部分情況下，一個人的社會身分，只是他穿著的那套衣服。小說家也在小說裡享受著「換裝」樂趣，他用真假難辨的口吻講述各色男女的心事。可是這一套「城市風景的彩繪紋身」，卻是無論他怎麼換裝，也換不下來的。即便是在〈黑暗風景〉中那對未能真正逃離的家門的姊妹，她們閉緊雙眼所幻想的，也是這一套彩繪紋身。在傅柯的理論中，身體是作為文化銘刻的表面，一個人的動作、姿勢、形態，都是社會生活的產物，他將這一些，都說成是一種文化紋身。然而城市的風景光影，又是如何深刻地改變了一個人的表情和體態，這又何嘗不是另一種不易覺察的紋身。

徐譽誠所捕捉到的個人與城市的「疊影」關係，又讓我想起加拿大理論家弗萊（Northrop Frye）說過的一個「夜行火車車窗」（the window of a lit-up railway carriage at night）意象：

> 在大多數時間裡，這個車窗看起來是一面鏡子，照出我們的內心活動——包括我們心中所理解的自然界。做為一面鏡子，它給我們提供了這樣一種意識：這個世界主要是做為我們人類生活的參照物而存在——世界為我們而創設；我們居於其中心，是其存在的全部意義。然而有的時候，這面鏡子又恢復了它做為窗子的本來面目。透過這扇窗戶，我們面對的景象

不過是那個亙古不變、冷漠的自然界──在它存在的億萬年裡我們並不存在；我們從它裡面的產生僅僅是一個偶然。

徐譽誠恰恰抓住了城市既是窗子又是鏡子，人既是亙古的孤獨幽靈，又是短暫的城市疊影，這一靜止的交匯。這是弗萊那面穿越田野的夜行火車車窗看不到的風景，身體也第一次完整赤裸地加入到疊影中來。

有意思的是，在四〇年代，衣修伍德在離開中國時，將火車的窗子比喻成一個畫框，畫框裡的山川人影就是戰時中國的縮影。他更看重的是窗子裡的內容，而不是自己的面容。不同的時代，這面玻璃意象究竟是偏向窗子多點還是偏向鏡子多點，還是很不一樣。徐譽誠更傾向於把它當成鏡子了，或許記起它也是一面窗子，就能為穿過這些疊影，看到更多。

其實他在〈與情愛無關〉中已經差不多實現了我的這點冀望。這篇小說最精彩的是結尾，當「妳」出門實行了一次毫無激情的偷情之後，回到丈夫的沙發上，看見電視中出現了自己的身影。這同樣屬於之前我提到「照影」橋段，不一樣的是，「妳」不再是孤單的自我審視，而是被裹挾於為選舉造勢的人流中：

就在這一時刻，妳在電視畫面中，見到自己身影。

那是人潮擁擠捷運站出口前，記者拿著麥克風，報導聚集群眾仍在規定的十點前離開，記者身後便是散會群眾同時湧入附近捷運站的現場狀況。俯角拍攝畫面，群眾一顆顆顆烏黑頭顱；妳見到自己，一臉茫然神情，夾雜擁擠人群裡，空洞目光四處張望，彷彿亂世裡的迷路孤兒，僅隨著人潮湧動方向，漂流而去，最後不見蹤影。（〈與情愛無關〉）

這個身影不再只是用以提醒自我的形象，而是提供了一個人在一個城市、一個時代的位置。即便這個位置是被動的、渺小的，卻讓「妳」驚覺再疏離沉默的個體，也屬於這個時代的一部分。政治、媒體這些大而無當的詞其實已經全盤滲透了「妳」看似與偷情一樣隱蔽的生活。這一次「妳」與人群的「疊影」，是在徐譽誠的小說中，我最喜歡的一次。可惜這個疊影仍是一個「亂世的迷路孤兒」，與〈游泳池〉那個「城市幽靈」的疊影一樣充滿了無力感。最後我也只能拋出這樣一個只

會招致沉默的問題：如果人與城市（或家庭）只是這種「進入之後努力尋求喘息和慰藉」的關係，並在這一尋求的過程中極力放大感官的效能，會不會漸漸喪失了理性的剖析能力和正面衝撞的勇氣？

【吳丹鴻，台灣清華大學中文系碩士生】

閱讀張耀升

陳冉涌

　　我第一次讀張耀升的作品，在此之前我對他一無所知，甚至在讀後寫下這篇文章的此時，我對他的認識也僅就這兩部作品（《縫》、《告別的年代》）而已。因此這裡記下的是一個讀者最直觀的初讀感受。如此操作一是出於主觀能力的有限，二是我認為某種研究式的「背景閱讀」勢必會對判斷產生影響，但這並不意味著這是一次囿於文本的「新批評」實踐，而更應是一場「面貌混雜」的「批評與自我批評」。

　　張耀升的創作給我留下最深刻印象的地方是行文中強烈的主體介入色彩。從小說集《縫》到報導文學《告別的年代》，作者本人在大部分作品中保持了與敘事主角的合一，並藉此維持了突出的存在感。例如在小說集的首篇同名短篇小說〈縫〉中，敘事者「我」的「兒童視角」下，依然保持了細膩、複雜及敏感的洞察，這使得此「兒童敘述」顯示了十足的「早熟」色彩：

　　　　父親的身體捆在保守強硬的西服線條框架下，以挺立的姿態、和善的表情拉回客人的注意力，大部分的客

人會跟著父親以不回應將奶奶的建議變成喃喃自語，把她變成地震過後牆上留下的裂縫，一個視而不見比較令人安心的缺陷。

這種時不時超出敘述人物年紀的敏銳正是作者本人的身表現，實則是一種對文本「密不透風」般的絕對掌控：即便是片段場景的描寫裡，眾多密集的、抓人的描述似乎很難來自「外人」。如〈藍色項圈〉中一例：

> ……我被濕冷的寒氣凍醒，起身上廁所。熄了燈之後的走道像無底的隧道，未眠的苦讀的學生的桌燈餘光爬過課本、筆記、考古題，繞過學生背影，從寢室門縫間暈開來，像一盞盞微弱的燭火，火光經由剛打過蠟的地板的反射，染上了白綠花紋，霧氣不知從何而來，塞滿整條走道，綠光融在白霧裡，像沾滿細雪的青苔，當我往浴室移動時，這些粉狀的氣體就圍繞著我的身體，隨著我的走動而劃出一圈圈軌跡。

張耀升往往會在小說中調動環境的色澤、氣味構建一個自主的個體時空，這也是他小說創作最有特色、最人之處，最具說服力的證明就是，〈敲門〉中鹽酸腐蝕時「詭異的杏仁味」讓一向很愛杏仁的我在讀完小說之後一個多月裡不願意接觸杏仁類食品。但在作者本人看來，「味覺」正是平日的電影創作工作難以傳遞的感官體驗，惟有借助小說來實現。而也就是在這種感官融合澆築的「密閉時空」中，敘事者有時扮成當事人「我」親身描繪「此時此刻」，有時又以「全知者」突然出現描述「他」的「某時某刻」，這一系列動作最終描述的主角，似乎都指向了某一個敏感、被孤立、被現實壓得喘不過氣的徬徨個體——他是見證家庭黑暗的孩童（〈縫〉），是被長官霸凌的新兵（〈敲門〉），是教育制度下年輕的施害者及被害者（〈暘城〉、〈藍色項圈〉、〈友達〉），還是陷於舊時同性感情影響中不可自拔的已婚男性（〈伊卡勒斯〉）。

〈螳螂〉是我最喜歡的一篇，因為這篇小說對「個體」發掘的廣度和深度遠非其他幾篇可及。而我評判的唯一標準是：主人公在控訴現實和壓迫時，是否將自己納入了其中做一併的批判和反省。小說講述了走投無路的「我」一心想替祖母的墳墓遷回農村，但苦於沒有積蓄，只有艱難地爭取成為了一名靈骨塔的銷售人

員，故事中最驚心動魄的一幕是「我」為了免於扣錢只好「出賣」了自己的祖母：

　　……他知道他現在就跟訓練教官說的一樣，欠缺臨門一腳，只要以感性的態度再將對方往前推一點，整面戒備的牆就會全部倒塌。

　　婦人將手上的煙捻熄，把煙灰缸裡的煙頭丟到垃圾桶中，順手一壓。垃圾在垃圾袋裡碰撞，袋子受到擠壓發出滋嚓的聲響，他發現那聲音就跟他祖母火化時發出的聲音一樣。

　　他一咬牙，低下頭說：「其實，我祖母也是供奉在靈骨塔裡。」

　　「與其看她躺在荒涼的山裡，我寧願她在窗明几淨的寺廟中，每天跟著師傅誦經念佛，而我有空時，就可以過去看看她。」

之後，「我」因為優秀的業績成功地成為了銷售小組的「榜樣」，但內心卻陷入了更深的低落和徬徨。小說的最後，「我」意識到人不過就是如螳螂一樣的無力存在，縱然成為「昆蟲之王」，也抵不住外界現實的巨大變動。相比其他小說，〈螳螂〉中的這個「我」不再是無辜、「純粹」的青年個體，他開始真正接觸現實甚

至直接參與到現實的「染缸」中，他雖然依然是一個耽溺於「弱者」身分和情緒的青年，但小說細膩呈現了他動態的心理變化，這裡的「弱者」情緒不再是恆定的、理直氣壯的，而是在不斷自我否定和懷疑中逐漸被突出的。然而這並不意味著〈螳螂〉是完美無缺的，相反，小說在最值得細緻書寫的部分戛然而止——「螳螂」認識僅是在回溯祖母出殯日及看到路邊草叢過程中達成，這種單薄的處理方式一方面直接導致作品對「我」及現實深度挖掘的中止，另一方面又將作品創作、主旨帶入了無盡的「空洞」：「我」沉入種種片段式的虛幻意象的串聯裡，小說由此成為一套完整的「自我消解」：以塑造強烈主體意識和感受的開場，經過持續而緊張的情緒宣洩，主人公（作者本人）卻在最後主動放逐了所有的主觀能動力。而從外在表現上看，小說更是陷入了重複的、放縱的意象生產，這點在他其他小說中表現得更為明顯。而我以為，這種「放逐」和「放縱」構成了張耀升小說創作內外穩定的基本結構，它直接導致了作品內部（人物、情節、思想）的難以為繼，更是其整體創作水準難以進一步突破的重要原因。

　　到了《告別的年代》中，這種絕對的作者掌控轉為了「外人」的介入。在這

本書的封底如此寫著：「《告別的年代》是張耀升以近一年的時間調查訪問，深入眷村居民生命後，所寫成的十個眷村故事，這是眷村『外人』所寫的眷村故事，寫給眷村以外的人閱讀與反思」。作者努力地藉由一個「本省人」視角去讓「外人們」了解眷村，通過展現「眷村人情味」，讓「彼此『從零開始』」。

張耀升在這裡再次發揮了強大主觀感受力和控制力。全書兩百多頁的篇幅裡密密麻麻的「本省／外省」區分，讓讀者實實在在地通過「外人」之眼經歷了一場「眷村」導覽：看他們過去幾乎與外界隔絕的生活環境，感受在困境中彼此相互扶持的溫情，聽成功的眷村子弟「憶苦思甜」……，但可惜的是，這場旅卻是一次「走馬觀花」之行。而在對這一斬釘截鐵的論斷做出解釋之前，我必須說明，「眷村」一直是我最關注的台灣文學題材，除了它與兩岸分斷的歷史有著緊密的關聯，更重要的是與我從小生活的中國大陸國企「工廠大院」有許多相似之處。生活在類似環境（還包括王朔、石一楓筆下的「京城大院」）中的「子弟」是與中國大陸歷史變遷關係最緊密的一群。在我家鄉那個至今仍只是中國大陸三線城市的地方，這種感覺更為明顯：祖父輩的第一代共和國

工業菁英在中蘇交惡之時突然全部匯集到中部一個小山溝裡，從此這個小山溝裡誕生了號稱「東方底特律」的全新的工業城市，這個城市在戰備狀態及計劃經濟的背景下飛速發展，之後雖然幾經政策調整，到我這代「子弟」至今依然活在「國企」的榮光裡：我們享受著堪比省會城市的自成體系的教育、醫療資源，講一口不南不北沒有戶籍的「標準」普通話，在家鄉的本地人眼中被視為「有錢階級」，甚至大學畢業找不到工作都還有令人豔羨的「老家」當退路……，而這些具體到細節的「區別」和工廠外的世界，我都是進入所謂的「本地」高中後才開始體會。因此，當「外人」與「本地人」、「外省人」與「本省人」相遇，彼此不同的生活圖景和歷史經驗，以「溫情」、「人情味」作為中介的浪漫化圖景是否有助於彼此的理解？高中經驗告訴我是不可能的。因此至少在我看來，作者在處理這些「外省人」的人生經歷時都太過單面化和浪漫化而缺少歷史性的洞察。張耀升在序言中不斷強調要「進入他們生命的內在」，但縱觀全書，似乎一切都止於呈現充滿了「人情味」和「溫暖感人」的眷村故事而已——如果之前真的有一個「刻板印象」的話，它似乎是被打破了，但卻是被肢解成了一

個個更細小的表面圖景：在一道「溫情」的光束下，「眷村」這個概念被碎化為了「眷村教育」、「眷村人情味」、「成功的眷村人」等種種更加概念化的「刻板印象」。

碎片化的處理根源自歷史邏輯的缺乏和去歷史化的習慣性操作。這點更加突出地暴露在張耀升對眷村建築的敘述中。在此書第二章中提及本省藝術家蘇旺伸對「將軍村」明德新村的改造時，他是這樣描述的：

> 他觀察到明德新村因為居住環境與住戶家庭背景的關係，人與人之間雲淡風輕的疏離，但這樣的疏離也並非都市人的冷漠與漠不關心，住戶對於左鄰右舍有著長年的深厚情感，但是在教養與禮數之下，紳士風範的自我約制反而形成距離感。

> 他認為明德新村具有獨立而安靜的氣氛以及坪數大的室內空間，很適合藝術創作，這之間的寧靜感是藝術家面對創作最需要的，具有發展為藝術村的潛力。

這段充滿當代城市中產階級想像的描述使我非常困惑。因為同樣是歷史遺跡，我家門口就佇立著一座掏空的山包，當年它是儲存彈藥武器的倉庫，如遇作戰則會被用作防空洞，幾十年後的今天它已成了那場曠日持久的戰備活化石，無時無刻不在提醒著我一場差點就開始的戰爭。而在上述引文中，歷史場景則被簡化為了充滿「教養與禮數」的眷村「高等人」住在「具有獨立而安靜的氣氛以及坪數大的室內空間」裡，而敘述者在行文中更是不自覺地流露出了對這種場景生活的嚮往。所以不禁要問，作者真的如同序言中所說一般，「進入了他們生命的內在」嗎？

我無法否認張耀升寫作此書付出了或許比小說更多的心力，但這並不意味著不成熟的「歷史書寫」需要被鼓勵和肯定。在當下這個科技快速發展的時代，圖像化和碎片化閱讀正快速地消解著我們的思考能力，也正將我們不斷引向混沌的思想深淵。想到老舊的眷村和我那依然興旺的「工廠大院」，再觀張耀升此《告別的年代》，不禁讓人想起中國大陸九〇年代的「告別革命」思潮。但，我們真的能夠輕易「告別」嗎？台灣也真的能夠告別「眷村」的年代嗎？當面目全非的「歷史」讓我們失去判斷、失去方向，「未來」又在哪裡？

【陳冉涌，台灣交通大學社文所碩士生】

2017
夏季號
第 6 期

內向者的逆襲？
——靠近黃麗群

國家圖書館出版品預行編目（CIP）資料

內向者的逆襲?：靠近黃麗群 / 徐秀慧等
編輯. -- 初版. -- 臺北市：人間, 2017.06
152面；17 X 23 公分. --（橋. 夏季號.
2017）
ISBN 978-986-94046-6-2（平裝）

1.中國小說 2.現代小說 3.文學評論

820.9708   106008944

編輯群	徐秀慧　彭明偉　黃文倩　黃琪椿　蘇敏逸
責任編輯	黃文倩
文字編輯	張懿文　劉紋安　黃文倩
封面設計	黃瑪琍
美術編輯	仲雅筠
發行人	呂正惠
社長	陳麗娜
出版	人間出版社
地址	台北市長泰街59巷7號
電話	(02) 2337-0566
傳真	(02) 2337-7447
郵政劃撥	11746473 人間出版社
電郵	renjianpublic@gmail.com
定價	160元
初版一刷	2017年6月
ISBN	978-986-94046-6-2
印刷	崎威彩藝有限公司
總經銷	正港資訊文化事業有限公司
地址	台北市大安區溫州街64號B1
電話	(02) 2366-1376